Auf der Suche (1947–1949)

AF288926

Für meine liebe Frau Maria und unsere Kinder
Aloys, Lydia, Robert, Heinz, Hermann-Josef
und Rita

Mein besonderer Dank gilt dem gesamten Team des
Dialyse-Zentrums in Daun/Eifel für die fürsorgliche
und einfühlsame Betreuung, die mir das Schreiben
dieses Buches ermöglichte.

Heyroth, im Frühling 2004, Johann Baptist Holzem

Johann Baptist Holzem

Auf der Suche (1947–1949)

Zwischen Eifel und Köln

Bibliografische Information Der Deutschen Bibliothek:
Die Deutsche Bibliothek verzeichnet diese Publikation in der
Deutschen Nationalbibliografie; detaillierte bibliografische Daten sind
im Internet über <http://dnb.ddb.de> abrufbar.

© 2004 Johann Baptist Holzem
Umschlagfoto: dpa Picture-Alliance GmbH
Herstellung und Verlag: Books on Demand GmbH, Norderstedt
ISBN 3-8334-1395-6

Inhalt

Auf der Suche in Köln

3. Oktober 1947. Langsamen Schrittes, inmitten eines Getümmels von zahlreichen dahineilenden Menschen, trat ich aus der dämmerigen Halle des Kölner Hauptbahnhofes heraus. Augenblicklich umfing mich ein sonniger, noch angenehm warmer, herbstlicher Morgen. Noch stand ich etwas unschlüssig da und konnte mich nicht entscheiden, welche Richtung ich zuerst einschlagen sollte, um dorthin zu gelangen, wo ich vielleicht eine Antwort auf meine Fragen bekommen würde, die mich seit dem Tag meiner Heimkehr am 28. August desselben Jahres brennend beschäftigten.

Da war zunächst die Sorge um Lia, meiner langjährigen Freundin, die 1943 wegen meiner Führerhörigkeit unser festes Verhältnis beendete, und dennoch eine lose Freundschaft bestehen ließ.

Aber es würde sehr schwer werden, Lia wiederzufinden. Schließlich hatte ich sie 1937 in Sinnersdorf kennengelernt, ihr Elternhaus jedoch hatte in Köln gestanden und war im Krieg zerbombt worden, wie Lia mir damals aus der Ukraine geschrieben hatte. Dort war sie als Rotkreuzschwester in einem Feldlazarett tätig gewesen.

Lange stand ich vor dem Ausgang des Bahnhofes. Nur kurz hatten diese Gedanken auf mich eingewirkt. Aber dann, fast schlagartig und unbewußt, wurde ich von meiner Erinnerung eingeholt: Stand ich nicht genau vor fast zehn Jahren, am 3. November 1937, mit jugendlichem Elan und Unternehmungslust hier an dieser Stelle und gab mich der Faszination hin, die der Anblick des Domes mir so urgewaltig und riesenhaft erscheinen ließ? Ich war damals dem Dom zum ersten Mal so nahe gewesen und hatte ihn staunend bewundern können, ehe ich in den Bus stieg, der mich zu meiner Elevenstelle nach Sinnersdorf bringen sollte. Natürlich hatte ich damals noch nicht geahnt, daß dort eine Zeit begann, die sich ungeheuer prägend auf meine nachfolgenden Jugendjahre auswirken würde.

Noch immer stand ich an derselben Stelle. Die Menschen, die an mir vorbeigingen, störten mich nicht. Der Anblick der Trümmer von den zerbombten Häusern in meinem Blickfeld um so mehr. Und ich konnte mir nicht helfen: Die beiden Türme des Domes erschienen in meiner Phantasie wie zwei Riesenfinger, die sich warnend inmitten der Trümmerwüste erhoben. Ich wußte auch, daß der Dom an einer Seite von den Bomben getroffen worden war. Aber er war stehengeblieben und hatte sich dadurch kaum verändert – was ich von mir persönlich in gewisser Weise nicht sagen konnte.

Noch zögerte ich, mich zuerst in den Dom zu begeben. Ich hatte mir soviel vorgenommen, hier in Köln, und mußte mit der Zeit geizen, um alles das in Erfahrung zu bringen, was für mich so sehr ungewiß war. Dann gab ich mir einen Ruck und lenkte meine Schritte zum Portal des Domes hin. Und irgendwie wurde es mir seltsam zumute zwischen den hohen Säulen, die auf imposante Weise dem Dominnern eine besondere Prägung verliehen.

Nur wenige Besucher sah ich damals, die ähnlich wie ich andächtig und gleichzeitig neugierig dahergingen. Es war erst zwei Jahre nach dem elenden Krieg, und die meisten Menschen plagte die Sorge, sich selbst und ihre Familien nicht ernähren zu können. Da fehlten wahrscheinlich die Zeit und die Lust zum Aufsuchen des Domes. Vielen genügte es wohl, ihn von außen respektvoll anzusehen.

Plötzlich bemerke ich, wie Schweißperlen meine Stirn benetzten. Ich hatte mir an diesem Vormittag zuviel zugetraut. Noch waren es gerade einmal fünf Wochen her, seit ich aus russischer Gefangenschaft heimgekehrt war, und mein noch geschwächter Körper reagierte „sauer" auf jede Anstrengung. Langsam ließ ich mich auf eine Bank nieder und verharrte dort, bis der kleine Schwächeanfall sich verflüchtigte. So kam es, daß ich länger im Dom verweilte, als ich mir ursprünglich vorgenommen hatte.

Und seltsam – gerade jetzt stürzten Fragen auf mich ein, die ich mir in ähnlicher Weise schon öfters während der letzten Jahre verzweifelt gestellt hatte, wenn ich etwas besonders Schlimmes gesehen oder hautnah miterlebt hatte. Fragen, die mir als gläubiger Christ eigentlich tabu hätten sein müssen. Fragen, die ich in meinem Innersten nur sehr schwer, ja fast gar nicht zu verarbeiten und zu beantworten vermochte. Wie oft hatte ich mich angesichts meiner vielen schrecklichen Erlebnisse gefragt: Wo ist Gott, der doch eingreifen müßte, wenn die Grenzen des menschlich Erträglichen auf solch unvorstellbare Weise überschritten werden? Der nicht dulden dürfte, wenn Kreaturen, die eigentlich sein Ebenbild sein sollten, sich anmaßen, eine Gewalt anzuwenden, die das Zusammenleben von Menschen vollkommen aus dem Gleichgewicht bringt und letztlich sogar in Frage stellt.

Während ich mich noch meinen zweifelnden Gedanken hingab, fragte ich mich, was das zu bedeuten hatte, daß ich mich gerade hier inmitten des gewaltigen Domes mit solchen Gedanken beschäftigte, wo ich doch gewiß allen Grund dazu hatte, nicht an einer höheren, übernatürlichen und allgegenwärtigen Macht zu zweifeln. Denn meiner optimistischen Einstellung und dem reinen Zufall konnte ich bestimmt nicht das Überleben der heikelsten Situationen in den vergangenen sieben Jahren zuschreiben!

Aber es war schließlich nicht das erste Mal, daß ich mich ernsthaft mit ähnlichen Fragen um die Existenz Gottes und dem Leben nach dem Tod befaßte und heimlich quälte. Das Ergebnis davon war damals – im Alter von sechzehn – gewesen, daß ich ebenso versteckt und heimlich zum Gottesleugner wurde. Zu jener Zeit nährte ein nationalsozialistischer Jugendlehrgang mit antireligiösem Programm meine gravierend gewordenen Zweifel an der Existenz eines übernatürlichen Gottes, der den Menschen auch über den Tod hinaus in einem Leben danach gegenwärtig ist.

Geradezu unbewußt schweifte mein Blick hinüber zu dem Marienaltar, nur wenige Meter von der Betbank entfernt, auf der ich saß. Die zahlreichen Wachslichter flackerten kaum und brannten ruhig in ihren Einfassungen. Es kam mir fast vor, als beginge ich mit meinen zweifelnden Gedanken ein Sakrileg. Schließlich hatte ich lange wieder zu meinem Glauben an Gott zurückgefunden. Auch wenn ich in den vergangenen Jahren meiner Gefangenschaft in Rußland – ich weiß nicht warum – kaum ein Gebet über meine Lippen gebracht oder an Gott gedacht hatte. Ob es wohl daran gelegen hatte, daß ich während der drei Jahre weder eine Kirche gesehen, noch ein Glockengeläut gehört und auch bei den Russen keinen Ansatz von Frömmigkeit bemerkt hatte?

Und wir, die Gefangenen, reizten unsere von Wassersuppe und trockenem Brot flach wie ein Brett gewordenen Bäuche immer wieder aufs Neue, indem wir uns von den Delikatessen vorschwärmten, die es zu Hause gegeben hatte. Meistens lösten solche Gespräche ein moralisches Tief bei mir aus. Mein geistiges Auge ließ dann für kurze Zeit Elternhaus und Heimat als einen kleinen Trost vor mir erscheinen, um gleichzeitig mein deprimiertes Gemüt wieder mit ein wenig Hoffnung auf eine Heimkehr zu beleben.

Fast erschrocken stellte ich auf meiner Armbanduhr fest, daß es schon auf fünfzehn Uhr zuging. Das wird ja eng werden heute, wenn ich noch etwas von dem in Erfahrung bringen will, wofür ich nach Köln gefahren bin – so dachte ich bei mir und erhob mich von meiner Bank. Mein Blick ging unbewußt erneut zu dem Marienaltar hin. Immer schon war ich ein heimlicher Marienverehrer gewesen, doch meine Gedanken gingen meistens erst dann zu der Gottesmutter hin, wenn ich irgendein Anliegen hatte oder eine besondere Notlage mir zum Problem wurde. Diese plötzliche Erkenntnis berührte mich sehr und ließ ein seltsam ungutes Gefühl bei mir aufkommen.

Langsamen Schrittes verließ ich den Dom, um dann draußen meine Schritte etwas zu beflügeln und in die nächste Straße zu lenken. Wie diese hieß, wußte ich nicht, doch deren immer noch vorhandenen Häusertrümmer erschraken mich sehr. Ich hatte nur einen Gedanken: Ich muß mich durchfragen bis in die Nähe des Severinskrankenhauses. Denn dort hatte das Elternhaus meiner Freundin Lia gestanden, das zerbombt wurde.

Es werden etwa fünf Minuten gewesen sein, in denen ich dahingeschlendert bin, die mich aber spontan nachempfinden ließen, mit welchen Gefühlen die Menschen bei einem Bombenangriff nach Verlassen der Schutzbunker und Keller dort standen, wo kurz vorher noch ihr Haus mit all ihren über viele Jahre liebgewonnenen Sachen stand und jetzt nur noch ein Haufen Steine und zerstörter Hausrat lag. Und während ich unbewußt versuchte, diese brutalen Ereignisse gedanklich an mir vorbeiziehen zu lassen, wurde ich plötzlich von einer sehr tiefen Rührung erfaßt, gegen die ich nicht anzukämpfen vermochte.

Wie konnte dies nur möglich sein? Glaubte ich doch, von den Erlebnissen in der zurückliegenden Gefangenschaft so abgehärtet worden zu sein, daß keine Bombentrümmer mehr eine Rührung bei mir auslösen würden. War es doch nicht einmal anderthalb Jahre her, als ich in die starren Augen und Münder völlig nackter, an totaler Schwäche gestorbener Mitgefangener blicken mußte, um die toten Körper dann mit meinen Kameraden in eine etwa zehn Meter lange und zwei Meter tiefe und breite Grube übereinander fallen zu lassen. Zuletzt waren es fünfzig bis sechzig Gefangene gewesen, die wir dann mit einer Schicht dunkler russischer Kuban-Erde zudeckten. Und ich kann mich nicht daran erinnern, daß wir sechs gefangenen Kameraden vom Beerdigungskommando außer den Worten „laß los" viel mehr dabei gesprochen haben. Weder ist ein Gebet über unsere Lippen gekommen, noch ist eine Träne geflossen. Aber ich glaube ganz bestimmt, wir alle haben an diesem Tag unbeschreiblich psychisch tränenlos gelitten.

Während ich gedankenversunken dahinschritt, fragte ich mich bekümmert, warum ich jetzt, wo ich die grausame Vergangenheit Gott sei Dank hinter mir hatte, mit solchen deprimierenden Anblicken konfrontiert werden mußte. Ich spürte, wie eine kleine Schwäche mein ohnehin schon nicht besonders schnelles Dahinschreiten etwas abbremste. Einige Schweißtropfen benetzten wieder meine Stirn. Ich wußte ja, was das zu bedeuten hatte. Der Kreisarzt in Daun, bei dem ich vor einigen Wochen nach meiner Heimkehr zur Untersuchung gewesen war, hatte einen Herzmuskelschaden vermutet und mich in der nächsten Zeit vor körperlichen Anstrengungen gewarnt. Mein Körpergewicht hatte sich damals wieder von dreiundvierzig auf siebenundfünfzig Kilogramm erholt. Dafür zog sich meine Haut an den Armen und Beinen fast so straff wie ein aufgeblasener, glänzender Gummischlauch. Als der Arzt diese Stellen befühlen wollte, konnte ich Schmerzenslaute nicht unterdrücken. Mit bedenklicher Miene und kopfschüttelnd schaute er mich an und bemerkte mit Blick auf registrierte Krankheiten und Verwundungen, daß er eine weitere Feststellung der gesundheitlichen Schäden in Trier und Bonn befürworten und beantragen werde. Vorläufig stelle er eine dreißigprozentige Arbeitsunfähigkeit fest. Mit guten Wünschen verabschiedete er mich.

Ich fragte mich, ob es nicht doch ein Fehler gewesen war, mich jetzt schon nach Köln aufgemacht zu haben. Und dann auch noch einige Tage für meine Suchaktion einzuplanen. Ein dreiviertel Brot, ein halbes Pfund Butter und eine Büchse Hausmacherwurst trug ich in einer Umhängetasche mit einem Gurt über der Schulter. Schließlich konnte man ohne Lebensmittelmarken nicht ein einziges Gramm Essen kaufen. Meine Marschverpflegung hatte ich noch nicht angebrochen, auch bekam ich komischerweise noch keinen richtigen Hunger. Dafür begann mich aber der Tragegurt auf meinen Schultern zu drücken.

Ich war mir sicher, eine kleine Ruhepause einlegen zu müssen, überlegte daher nicht lange und ging auf ein Trümmergrundstück rechts der Straße zu. Als ich dort einige Steinplatten erblickte, setzte ich mich sofort auf eine von diesen. Ich weiß nicht mehr, wie lange ich die mir selbst zwangsläufig verordnete Ruhepause auf dem gewiß nicht angenehmen Platz ausgedehnt hatte, doch ich fand damals das Bild meiner augenblicklichen eigenen Situation, hier in Köln auf den Trümmern einiger Häuser, übertragbar auf jene, die ich bei meiner Heimkehr auf bittere Weise selbst erleben mußte. Alle jahrelang geschmiedeten Zukunftspläne und meine Verlobte und große Liebe existierten einfach für mich nicht mehr. Und jetzt war ich hier in Köln auf der Suche nach meiner langjährigen Freundin Lia, die die wenigen Wochen und Monate, in denen wir zusammen sein konnten, himmlisch verschönert hatte. Aber sie hatte auch alles Mögliche unternommen, um mich von meiner Hitlerhörigkeit zu befreien, und schließlich, als all ihre Bemühungen mich nicht überzeugen konnten, löste sie unser enges Verhältnis und wollte nur noch eine lose

Freundschaft. Und jetzt suchte ich nach Lia und wußte nicht einmal, ob sie noch lebte oder wo sie vielleicht heute lebte. Ach Gott, wie würde unser Wiedersehen aussehen? Diese Vorstellung von einem Wiedersehen mit Lia löste urplötzlich bei mir ein himmelhochjauchzendes Gefühl aus, bei dem ich mir gleichzeitig die bange Frage stellte, was mir Lia jetzt zu sagen haben würde. Würde sie es mich spüren lassen und sagen: „Siehst du, lieber Baddy, nun ist es doch so ähnlich gekommen, wie ich dir vorausgesagt habe. Nur für dich noch viel schlimmer als anfangs meine schlimmsten Befürchtungen waren."

Und ich hätte ihr recht geben müssen, denn in der Tat wäre mir die russische Gefangenschaft erspart geblieben. Denn als ich das Glück hatte, nach achtmonatigem Fronteinsatz und Verwundung in Rußland aus der Genesungs- und Ersatzkompanie nach Südfrankreich versetzt zu werden, schrieb mir Lia 1943: „Nun sei vernünftig und siehe zu, daß du dort so lange wie möglich bleiben kannst." Und so vorsichtig, wie sie immer ihre Briefe verfaßte, fügte sie noch hinzu: „Es ist doch nur sinnvoll, für eine gute Sache zu kämpfen."

Da ich Lias massive Einstellung gegen den Nationalsozialismus kannte, wußte ich auch, was sie damit meinte. Doch einige Wochen später ließ eine lapidare Begebenheit, bei der ich mich mit meinem ohnehin stark ausgeprägten soldatischen Ehrgeiz zu einer besonders törichten Handlung hinreißen ließ, die Warnung Lias vergessen. Folgendes war geschehen. Eine zweistündige Übung mit Gasmaske war angesetzt. Sehr hinderlich für den Nachrichtenstaffelführer und mich, weil wir Funkstellen und Leitungen kontrollieren wollten. Kurzer Hand setzten wir im Gelände die Gasmasken ab, um sie hinterher leichtsinnigerweise beim Überqueren einer Straße nicht wieder aufzusetzen. Pech für uns. Ich hörte Bremsen quietschen, ein Kübelwagen hielt neben uns an, darin der Bataillonskommandeur. Der Anschiß, den wir beide von ihm erhielten, ließ Böses erahnen. Noch am selben Tag nahm ich in strammer Haltung die Strafe von einem Tag verschärftem Arrest entgegen. Das war mehr als ein Keulenschlag für mich und meinen soldatischen Ehrgeiz als Unteroffizier. Dann, bei der Rückmeldung aus dem Arrest beim Adjutanten, glaubte ich auf eine äußerst dumme, und erst recht zum damaligen Zeitpunkt unverständliche Weise, mein soldatisches Ehrgefühl beweisen zu müssen und sagte mit zusammengeschlagenen Hacken: „Ich melde mich wieder an die Ostfront."

Mein Adjutant schaute mich erstaunt an und erwiderte kopfschüttelnd und ernst, aber auch ärgerlich: „Holzem, sind Sie doch nicht verrückt!"

Ich weiß nicht, wie oft ich mich an diese vom Adjutanten ausgesprochenen Worte sehr bitter und nur wenig später in Rußland erinnert habe. Als ich nach dem Krieg erfuhr, daß meine ehemalige Einheit in Südfrankreich ohne nennenswerte Kampfhandlungen gefangengenommen und nach Amerika verschifft worden war, habe ich zum unzähligsten Mal die Bemerkung meines Adjutanten verstehen können.

Mein Blick fiel auf einen etwa fünfzehn Zentimeter langen, rostigen Eisennagel, der zwischen zwei Ziegelsteinen vor mir in dem Trümmerschutt lag. Ach Gott, wäre ich noch vor einigen Monaten froh gewesen, diesen auf unserer Lagerbaustelle im Kaukasus gefunden zu haben. Er wäre bestimmt zweihundert Gramm Brot wert gewesen und würde mir auch so viel von einem Mitgefangenen eingebracht haben, wenn ich den Nagel auf der Metalleinfassung des Lagerbrunnens zu einem Brot- oder Tabakmesser dünn und blank geklopft hätte.

Trotz des mehr deprimierenden als ungewöhnlichen

Platzes, auf dem ich mich zum Ausruhen niedergelassen hatte, war ich gewiß für eine geraume Zeit eingenickt. Ich fuhr daher leicht zusammen, als ich einen leichten Anstoß verspürte. Vor mir, in etwa anderthalb Meter Entfernung, stand jemand auf einem Krückstock gestützt und sagte mit verwunderter Stimme: „Junger Mann, hier können Sie aber nicht mehr lange sitzen bleiben, in einer Stunde wird es bereits dunkel."

Ich blickte in das Gesicht eines etwa ein Meter achtzig großen und sehr hageren Mannes, der nach meiner spontanen Einschätzung um einige Jahre älter als ich sein mußte. Weil er etwas weiter von mir entfernt stand, vermutete ich auch, daß er mich mit seinem Krückstock angestoßen hatte. Einen Augenblick schauten wir uns an, dann sprach er in kölschem Dialekt weiter: „Wissen se watt, jetzt stonse äs op von dem kahle Steen, säß hanse morje eene däftije Wolef."

Der Mann hatte mich überzeugt. Ich stand auf, hing meine Verpflegungstasche wieder über meine Schultern und stand jetzt vor meinem aufmerksamen „Wecker". Er reichte mir zuerst seine Hand zur Begrüßung und sagte wiederum lächelnd: „Sagen Sie einfach Walter zu mir, denn wenn ich mich nicht hundertprozentig täusche, dann sind wir beide auch ein paar arme und beschissene Frontschweine, stimmt es?"

Ich nickte zustimmend.

Dann wechselte er wieder auf Kölsch-Platt über und duzte mich: „Du bist doch bestimmt nicht aus Köln, hast deine Leute hier, bei denen du schlafen kannst."

Als ich verneinte, sagte er spontan zu mir: „Dann gehst du einfach mit mir, dich kriegen wir auch noch unter."

So gingen wir jetzt nebeneinander daher, und ich vermutete, wir steuerten die Wohnung des Mannes an, der auf seinem Krückstock gestützt stark lahmte. Ich erfuhr bald, daß ihm ein Granatsplitter die Wade seines rechten

Beines weggefetzt hatte. Das war bereits 1941 vor Emga im Nordabschnitt gewesen. Und seltsamerweise war er bei meiner Nachbareinheit, der Greif-Division, den ganzen Vormarsch im Einsatz gewesen. Nach der Verwundung war natürlich Schluß gewesen mit einem erneuten Fronteinsatz. Statt dessen tat er fortan Dienst in der Kleiderkammer einer Ausbildungskompanie.

Während wir beide nun im ungleichen Schritt, fast auf Tuchfühlung, nebeneinander dahergingen, schaute ich fast etwas verstohlen zu dem humpelnden, mir aber ungewöhnlich groß erscheinenden Mann im grauen Overall. Ich selbst kam mir in meinem dunklen, gestreiften Anzug, der zudem noch etwas zu groß war, recht unpassend vor. Und selbstironisch dachte ich bei mir: Wir sehen aus wie Pat und Paterchon.

Irgendwie hatte ich zu Walter, der ein ebenso „armes Schwein" war wie ich, sofort ein Vertrauensverhältnis gehabt. Trotzdem war ich doch gespannt, was noch nach unserem spontanen Kennenlernen auf mich zukommen würde. Ich sollte es bald wissen. Nachdem wir in eine Seitengasse abgebogen waren, blieb Walter plötzlich stehen und zeigte mit seinem Krückstock auf ein wenige Meter vor uns stehendes Gebäude, auf dessen erster Etage mehrere Quadratmeter Wand mit noch nicht verputzten Mauersteinen repariert worden waren. Mit den Worten „So, nun wollen wir mal sehen, was mein Familienclan zu dem Besuch sagen wird, den ich jetzt mitbringe", ging er auf die Haustüre zu, und ohne daß ich gesehen hatte, daß er diese aufgeschlossen hätte, drückte er dagegen, und schon standen wir im Hausflur. Ich war im ersten Moment irritiert, weil die Haustüre scheinbar nicht abgeschlossen war. Und das hier in Köln, bei den damaligen Verhältnissen. Das schien mir unbegreiflich, und ich konnte nicht widerstehen, Walter zu fragen, ob die Tür tatsächlich nicht abgeschlossen war. Er sah mich verschmitzt an, nickte mit dem Kopf und erklärte mir: „Das Schloß hier in der uralten Haustüre ist zwar schon drei Tage kaputt, aber wir kriegen einfach kein passendes zum Wechseln. Bis dahin müssen des Nachts eine Kette und ein Vorhängeschloß uns und unsere nicht vorhandenen Kostbarkeiten schützen. Und daß wir vielleicht bestohlen werden könnten, davor brauchen wir wirklich keine große Angst zu haben. Vielleicht sind die Diebe nach dem Bombenterror auch menschlicher geworden und stehlen den Leuten nicht noch die wenigen Wertsachen, die sie vor den Bomben retten konnten."

Er humpelte zwei Schritte weiter zur Zimmertür, vor der wir jetzt standen, öffnete sie, und ließ mich mit einer einladenden Geste den Raum betreten, welcher bereits im Dämmerungslicht des späten Novembertages lag. Nachdem er das elektrische Licht eingeschaltet hatte, erblickte ich in einem gemütlichen Wohnzimmer drei Frauen, die mich neugierig anschauten. Walter ließ keine Verlegenheit aufkommen und stellte mir zuerst die ältere Dame als seine Mutter vor. Dann wandte er sich der jüngeren in meinem Alter mit den Worten zu: „Das ist meine Schwester Vera. Sie leidet seit 1942 ganz besonders durch diesen verdammten Krieg. So lange nämlich wartet sie auf ein Lebenszeichen von ihrem Verlobten, der im Mittelabschnitt bei Moskau vermißt worden ist."

Die dritte war seine jüngste Schwester, etwa siebzehn Jahre alt, hieß Melanie und machte eine Ausbildung als Krankenschwester. „So, dann wollen wir es uns mal gemütlich machen", meinte Walter und ließ mich am Wohnzimmertisch Platz nehmen. Und fast wie auf Kommando setzten sich die beiden Schwestern direkt gegenüber von mir an den Tisch. Melanie meinte keck zu mir: „Nun lassen Sie mich mal raten. Hat mein Bruder wieder mal einen Leidensgenossen erspäht? Er hat nämlich einen Blick dafür."

Walter aber unterbrach sie einfach, zeigte auf die halboffene Tür, hinter der sich augenscheinlich die Küche befand. „Wie wäre es, wenn du etwas gegen unseren Hunger unternehmen würdest!"

Ohne Widerrede stand sie auf und verschwand hinter der Tür, ihre Schwester folgte ihr. Nach einer Weile saßen wir wieder zu fünft am gedeckten Kaffeetisch. Etwas verstohlen registrierte mein Blick die bescheidene Brotzeit. Weder Butter noch Margarine befand sich auf dem Tisch. Statt dessen erkannte ich in einer flachen Schüssel erkalteten, schneidefähigen Grießbrei. Daneben ein Glas Marmelade. Allein die drei Sorten Brot im Brotkörbchen ließen mir den gedeckten Kaffeetisch nicht ganz so karg erscheinen.

Ich überlegte nicht lange und ergriff meine Tasche, die über der Stuhllehne hing. Als erstes zog ich das halbe Pfund Butter, dann die Büchse mit der Hausmacherwurst heraus und stellte beides mitten auf den Tisch. Acht Augen sahen sich abwechselnd mit purem Erstaunen an. Aber dann griff man zu. Jeder machte sich eine Brotschnitte mit Butter und belegte sie mit der Wurst aus meiner Konservendose. Ich aber machte etwas, was bei den anderen Kopfschütteln hervorrief. Ich nahm mir eine Schnitte Brot aus dem Körbchen und bestrich sie mit dem Grießbrei. Bei meinem ersten Bissen in das Brot gewahrte ich, wie die anderen meine Reaktion abwarteten. Ich flunkerte ihnen nichts vor, als ich sagte: „Dieser Brotaufstrich schmeckt mir nicht einmal schlecht, im Gegenteil, er schmeckt mir sogar gut."

Vera antwortete mir darauf lakonisch: „Aber wenn dieser Brotaufstrich sich zu oft wiederholt, sieht es damit wieder anders aus, und der Hunger wird zur lästigen Erscheinung, weil man sich nicht mehr aufs Essen freut und nur etwas Eßbares in den Bauch verfrachtet, ohne auch nur den geringsten Genuß dabei zu haben."

„Wir sind gerade dabei, einen selten gewordenen Genuß

zu haben, der aus eben so selten gewordener guter Butter besteht", meinte Walter dazu. „Und dann noch die leckere Hausmacherwurst aus der Eifel."

Danach prasselten etwa ein Dutzend Fragen auf mich ein. Man wollte genau wissen, wo ich in der Eifel beheimatet war. Wann ich aus dem Krieg und der Gefangenschaft heimgekehrt sei. Ich wußte bald nicht mehr, wem ich zuerst antworten sollte, so stark war ihre Neugier. Vera fragte unvermittelt, warum ich so kurz nach meiner Heimkehr hier nach Köln gekommen sei. Als ich ihnen die Geschichte von meiner Freundin Lia erzählte, die in Köln gewohnt hatte und von der jedes Lebenszeichen fehlte, waren alle sichtlich betroffen. Und als ich sagte, daß ich mich am anderen Morgen in der Nähe der Severinstraße nach Lia erkundigen wollte, bot mir Vera spontan ihre Hilfe an. Ihr Bruder könne mich ja ohnehin wegen seiner Verletzung nicht so gut begleiten. Aber Melanie könnte sich im Krankenhaus nach einer Krankenschwester Lia H. erkundigen. Vielleicht hatte sie ja nach dem Krieg wegen einer Anstellung vorgesprochen.

So ging uns an diesem Abend der Gesprächsstoff nicht aus. Da Veras Verlobter schon so lange vermißt war, interessierte sie sich brennend dafür, ob ich aus in der Gefangenschaft nach Hause schreiben konnte. Ich erzählte ihr, daß ich zu denjenigen gehörte, die lange vor Kriegsende gefangengenommen worden waren und denen es Ende 1945 erlaubt wurde, auf einer speziellen Postkarte fünfundzwanzig Worte an ihre Eltern oder Ehefrau zu richten. Veras Gesicht nahm zusehends unglückliche Züge an. Und als sie mir sagte, daß ihr Verlobter weder bei der SS war, noch sonst wegen seines Dienstgrades dem Russen besonders verdächtig erscheinen konnte, hatte ich keine gute Ahnung. Meine Befürchtung behielt ich aber für mich, um Vera nicht weiter zu belasten.

Dann wollte Melanie wissen, wieso ich denn schon 1947 entlassen worden sei. Zum damaligen Zeitpunkt waren erst ganz wenige vom Russen nach Hause geschickt worden. „Aber Melanie, du kannst Fragen stellen! Sagen dir die kahlköpfigen und hohlwangigen Menschen nicht genug, von denen dir ab und zu einer auf der Straße begegnet?", kam Walter mir zuvor. Da ich merkte, worauf Melanie hinauswollte, begann ich über die Zeit zu erzählen, als mir klar geworden war, daß ich einen vierten Winter in der Gefangenschaft nicht überstehen würde. Ich hatte mir Gedanken darüber gemacht, wie ich auf meinen elenden körperlichen Zustand aufmerksam machen könnte. Es war für mich ein unerträglicher Gedanke gewesen, den Krieg in Rußland einigermaßen gut überstanden zu haben, um dann letzten Endes in der Gefangenschaft so vor die Hunde zu gehen, wie die über fünfzig Kameraden, die ich in Armawir mit begraben mußte. Wochenlang hatte ich das Bild vor meinen Augen gehabt. Die ausgezehrten nackten Körper, die blau beschriebenen Oberschenkel. Die meist offenen und erstarrten Augen, deren leerer Blick. Sie lösten ein unbeschreiblich elendes Gefühl bei mir aus. Und ich weiß nicht, wie oft ich in der Zeit danach mehr wegen meiner Alpträume als wegen meines Hungers nachts aufgewacht bin.

Schon Anfang 1947 gab es ständig Gerüchte über Heimattransporte. Diese Gerüchte lösten sich meistens in Luft auf und hatten ihren Ursprung in der sich immer mehr ausbreitenden Lagerhysterie. Im allgemeinen wurden diese Gerüchte einfach von uns „Scheißhausparolen" genannt. Doch dann geschah etwas, was mehr als ein Hoffnungsschimmer war. Bei den zehn Mann, die vom Hospital-Holzmacher-Kommando aus Belorecensk ins Lager zurückkamen, befand sich auch Alfred P., der erst 1945 in die Gefangenschaft gekommen war. Wegen seines noch guten körperlichen Zustandes war er damals dem Holzmacher-Kommando für das

Gefangenenhospital in Belorecensk zugeteilt worden. Ich kannte ihn gut, weil er im Lager monatelang neben mir auf der Pritsche gelegen hatte, und fragte ihn sofort, ob noch kein Krankentransport in die Heimat zusammengestellt worden sei. Er erzählte mir, daß er vor einigen Tagen mit den anderen Holzmachern die letzte Ladung Holz für die Küche aufgestapelt hatte und anschließend die Äxte und Sägen in den Keller brachte. Dabei sah er, wie in einem Kellerraum Stroh lagerte und fünf Hospitalinsassen, wie üblich in Decken eingeschlagen, eifrig einen großen Stoß weißer Leinensäcke mit dem Stroh auffüllten. Zuerst hatte er angenommen, die Säcke seien für das Hospital gedacht. Doch einer der Kranken meinte dann: „Hoffentlich haben wir Glück und können demnächst in einem Eisenbahnwaggon darauf liegen." Es sollte nämlich tatsächlich ein Heimattransport zusammengestellt werden, für den die Strohsäcke als Liegeunterlage gedacht waren. Tags zuvor sei nämlich die jüdische Ärztin, die von uns immer Mona Lisa genannt wurde, da gewesen. Jemand, der ein wenig russisch verstand, habe aus ihrem Gespräch mit dem Kommandanten herausgehört, daß vorerst zweihundert Strohsäcke für die Waggons fertiggemacht werden müßten.

Diese Mitteilung von meinem Kameraden Alfred mobilisierte mich augenblicklich aufs Äußerste, und meine Gedanken kreisten jetzt nur um eines: Was kann ich machen, um auch in diesen Heimattransport hineinzukommen? Mir fiel plötzlich ein Gespräch ein, an dem ich auch mehr oder weniger teilgenommen hatte. Da war die Rede von dreißig bis vierzig Zigarettenkippen gewesen, die aufgekocht eine dunkle, kaffeeartige Brühe ergaben. Einen viertel Liter davon getrunken, würde mehrere Tage krankhafte Übelkeit erzeugen. Das zweite „Rezept" war, ein Stück Seife zu einem Pudding aufzukochen und dann zu trinken. Allerdings könnte man sich dann eine Gelbsucht einhandeln. Aber wer von uns jungen Kerlen wußte damals, was überhaupt eine Gelbsucht in Wirklichkeit bedeutete? Wir hatten doch nur den einen Gedanken: Heim, heim, heim, ehe wir vielleicht im nächsten Winter elend drauf gingen, ehe ein tief gefrorener Boden nicht einmal ein richtiges Grab ermöglichte.

So probierte ich als erstes die Zigarettenkippen, von denen ich schon eine ganze Anzahl gesammelt hatte. Nachdem ich sie in meiner Eßkonservenbüchse aufgekocht hatte, blickte ich in eine tiefschwarze Brühe. Als ich hinein roch, schauderte ich. Sie stank wirklich erbärmlich. Aber es mußte sein, ich mußte die Brühe schlucken und wenigstens versuchen, den jetzigen günstigen Zeitpunkt zu nutzen. Vielleicht stimmte es ja mit dem tagelangen Fieber, und ich würde zum Transport gehören.

Die Brühe war inzwischen abgekühlt. Ich hielt mir die Nase zu und trank mit Todesverachtung die Hälfte der Büchse leer. Später wunderte ich mich, daß mein Magen und mein Darm keine besondere Reaktion zeigten. Mein Bauch verhielt sich nicht anders als bei der täglichen heißen Wassersuppe, die für ein paar Minuten ein kurzes Sättigungsgefühl hervorrief. Ich war enttäuscht, sehr enttäuscht sogar. Mein total abgemagerter Körper war für den Lagerarzt nicht Grund genug, mich für den Krankentransport in die Heimat vorzuschlagen. Mir fehlten eben die richtigen Krankheitssymptome. Meine Monate alte starke Schwellung unter und hinter dem rechten Ohr, die noch von einem nicht ausgeheilten Mumps herrührte, war eben nicht überzeugend genug.

Tag für Tag ging unsere Brigade zum vier Kilometer entfernten Zess, einem Fabrikgelände, zur Arbeit. Abends wurde der Rückweg für mich immer mehr zur Tortur. Meine Beine und Füße schmerzten unerträglich, jeder Schritt wurde zur Qual. Nach einem solchen Heimweg faßte ich dann den Entschluß, das mit der aufgekochten

Seife auch noch auszuprobieren. Was sollte denn mir noch Schlimmeres passieren, als es im Augenblick der Fall war. Noch am selben Abend startete ich das Experiment. Als ich auf den gelblichen, puddingartigen Brei in meiner Büchse starrte, fand ich dessen Geruch im Gegensatz zur Zigarettenkippenbrühe gar nicht einmal abstoßend. Doch als ich nach dem Abkühlen die schleimige Masse herunterschlucken wollte, war die Seife etwas zu steif geworden. Ich mußte die Büchse mehrere Male zum Leeren ansetzen und kräftig schlucken. Anschließend habe ich mich auf die Pritsche gelegt und gehofft, am nächsten Morgen möglichst mit Fieber aufzuwachen. Aber nichts geschah am nächsten Morgen, weder hatte ich Durchfall bekommen, noch zeigte sich ein anderes Krankheitssymptom. Und es gab keinen Grund dafür, mich beim Brigadeur krank zu melden und nicht zur Zählung und zum Abmarsch zur Arbeitsstelle im Zess anzutreten.

Aber eigentlich war ich von mir selbst unerklärlich irritiert. Ich fragte mich, ob die schweren Krankheiten, die ich während der letzten drei Jahre in der Gefangenschaft hatte, mich immun gegen weitere Krankheiten gemacht hatten. Ich erinnere mich an den schweren ruhrartigen Durchfall während der ersten Wochen in der Gefangenschaft. Dann 1944 die Diphtherie, nach der meine Stimme fast ein Jahr lang kaum hörbar war. Ebenfalls hatte ich danach längere Zeit einen starken Augenschaden. 1945 und 1946 kamen dann noch zweimal eine Angina und schließlich ein Mumps hinzu, der mir wochenlange Isolierung „bescherte". Und jetzt, wo ich krank sein mußte, um nach Hause entlassen zu werden, wurde ich es trotz meiner massiven Nachhilfe nicht. An diesem Morgen habe ich mich völlig verzweifelt mit meiner Brigade die vier Kilometer zur Arbeitsstelle hingeschleppt. Und der Heimweg am Abend wurde zu einer noch größeren Qual. Immer wieder grassierte nur der eine

Gedanke, nur die eine Frage in meinem Kopf: Was kann ich jetzt bloß machen, um doch noch mit dem Kranken-transport zurück in die Heimat zu kommen? Ich konnte zwar alle meine Rippen genau zählen und meine Arme waren so dünn wie ein Hackenstiel. Doch auch meine von Gewebewasser angeschwollenen Beine waren kein Grund dafür, daß ich nicht jeden Morgen mit Arbeitsklasse II zum Zess mußte. Und ich sagte zu mir, wenn man einfach nicht sehen und merken will, daß ich fertig bin, einfach nicht mehr kann, dann muß ich mir eine List einfallen lassen. Aber eines wußte ich: Der Russe läßt sich nicht leicht täuschen. Wenn die Aktion, die ich jetzt geplant hatte, schief gehen würde, würde ich sehr hart bestraft werden und die Heimat nicht so schnell wiedersehen. Aber darüber dachte ich damals weniger nach. Meine optimistische Einstellung hatte mich in den vergangenen Jahren auch die heikelsten Situationen überstehen lassen. Und ich hatte daher nicht den geringsten Zweifel daran, daß mir die Vortäuschung eines Schwermutanfalles gelingen würde. Trotzdem, in-nerlich war ich aufgewühlt. Die Wassersuppe, die ich eben noch in meiner Konservendose aus der Küche abgeholt hatte, schüttete ich einfach so in mich hinein, anstatt sie wie sonst langsam Löffel für Löffel andächtig zu schlürfen. Wäre da nicht mein Gedanke gewesen, den vierten Winter im kaukasischen Lager nicht mehr zu überleben, und mein unbändiger Wille, die Heimat wiederzusehen – ich wäre wieder zurück in die Baracke gegangen und hätte mein Vorhaben aufgegeben.

Dann plötzlich ging alles sehr schnell, wuchs ich einfach über mich und meine Skrupel hinaus. Und ohne daß ich mir über mein fast unbewußtes Handeln im klaren war, hatte ich mich bereits in den Brunnen gestürzt. Erst die Stockfinsternis im Innern des Brunnens, das eisige Wasser, in das ich hinein plumpste, und die Tatsache, daß ich keinen Brunnenboden mit meinen Füßen unter mir ertasten konnte, ließ einen ungeheuren Schrecken in meinen wie Espenlaub zitternden Körper fahren. Es dauerte zwar einige Minuten, die mir unheimlich lang vorkamen, ehe man auf das seltsame Geplansche im Brunnen aufmerksam wurde. Und weitere Minuten, ehe ich wieder oben war und von einem halben Dutzend mehr als erstaunten Augenpaaren angeschaut wurde. Als nächstes fand ich mich in einem abgeschlossenen Raum des Lagerkrankenreviers wieder. Doch dann wurde die Türe aufgeschlossen. Der Lagersanitäter, ein Oberschlesier, kam herein, ließ mich meine nassen Klamotten ausziehen und gab mir dafür eine Wolldecke. Dann verließ er wortlos den kleinen Raum, in dem sich außer einer Pritsche nichts weiter befand. Was das kurze Kopfschütteln und sein komisches, schweigsames Gehabe zu bedeuten hatte, konnte ich mir zunächst nicht erklären. Gerade bei ihm stand doch sonst der Mund nicht still. Und dem halben Lager hatte er schon von den wunderbaren Oberschlesischen Mohnklößen oder -knödeln erzählt. So hatte ich mir die Decke umgeschlagen. Es war noch früh am Abend, und von der Wärme des zu Ende gegangenen heißen Augusttages zehrte auch noch die Nacht.

Ich hatte mich auf die Pritsche gesetzt und war über das, was sich in der letzten Stunde ereignet hatte, äußerst verunsichert. Ich wußte nicht, hat das alles etwas Gutes zu bedeuten, oder habe ich Pech gehabt, wie bei meinem Tabak- und Seifenexperiment?

Obwohl ich den ganzen Tag im Zess in der Augusthitze gearbeitet hatte, spürte ich jetzt trotzdem nicht die geringste Müdigkeit und fühlte mich regelrecht aufgedreht. Durch einen schmalen Fensterspalt konnte ich das Scheinwerferlicht des Wachturmes am Stacheldrahtverhau der Lagerumzäunung erkennen. Zugleich übermannte mich ein froher Gedanke: Vielleicht habe ich doch Glück gehabt und mit meinem letzten verzweifelten Versuch erreicht, daß ich die grellen Scheinwerfer, die MP-bewaffneten russischen Soldaten und vor allem den verdammten Stacheldraht bald nicht mehr sehen werde. So bin ich schließlich gegen Morgen doch eingeschlafen. Und als weiterhin den ganzen Vormittag nichts geschah, außer daß man mir Brot und Suppe brachte, verstärkte sich zusehends meine Hoffnung, daß kein Mißtrauen bei der russischen Lagerleitung entstanden war, nachdem der deutsche Lagerkommandant Mattes – ein Kölner – den Vorfall mit dem Lagerbrunnen gemeldet hatte. Es blieb ihm auch wohl nichts anderes übrig, weil wahrscheinlich ohnehin es sich wie ein Lauffeuer im Lager herumgesprochen hatte, daß jemand in den Brunnen gesprungen war. So saß ich dann in dem kleinen Raum, voller Ungewißheit, doch nicht ohne Hoffnung. Und da es bereits später Nachmittag wurde und ich durch das leicht geöffnete Fenster die schleifenden Schritte der von der Arbeit zurückkehrenden Kameraden hörte, dachte ich bei mir: „Ich glaube, es hat geklappt, es ist kein Mißtrauen entstanden." Aber ich hatte mich getäuscht. Der Sanitäter schloß den Raum auf und wartete zunächst bei geöffneter Türe. Währenddessen genügte mir ein schmaler Türspalt des gegenüberliegenden Raumes, um darin eine russische Uniform zu erkennen. Ich glaubte zu wissen, was das zu bedeuten hatte. Und ich sagte vier Worte zu mir selbst, vier Worte, die ich in meinem ganzen Leben wohl nie vergessen werde, weil sie ganz bestimmt der Schlüssel für meine Freiheit waren, und vielleicht auch für mein Leben. Diese vier lautlosen Worte waren: „Jetzt kommt die Feuerprobe." Ich weiß auch nicht, warum mir gerade kein anderes Wort als „Feuer" eingefallen war – paßte es doch nicht zur damaligen Situation.

Wenig später sah ich mich einer vierköpfigen uniformierten Kommission gegenüber. Vier Gesichter, die mich zwar nicht feindlich, aber für mich undefinierbar anschauten. Erstaunlicherweise war ich sehr ruhig. Früher – im „normalen" Leben – hätte ich in einer ähnlichen Situation weiche Knie bekommen. Ich weiß auch heute noch nicht, wie ich es fertiggebracht habe, so konzentriert und unverdächtig auf die oft sehr verfänglichen Fragen der gewiß nicht unbefangenen Kommission zu antworten.

Als man mir dann nach etwa zwanzig Minuten bedeutete, wieder in meinen Raum zurückzugehen, wußte ich zwar noch nicht, wie die Entscheidung der Kommission ausgefallen war. Aber irgendwie glaubte ich doch, daß ich aus der Miene der Ärztin beim Gespräch mit dem Oberarzt ableiten konnte, daß ich mir keine Sorgen zu machen brauchte. Aber man ließ mich noch zwei Tage in der quälenden Ungewißheit. Und weitere vier Tage später lag ich schon auf einem weißen, mit Stroh gefüllten Leinensack, von dem mir mein Kamerad Alfred etwa zehn Tage zuvor erzählt hatte. Unser Eisenbahnzug pufferte mit etwa zweihundert Kameraden der Heimat entgegen.

Ich hatte aufgehört zu erzählen. Die vier hatten aufmerksam zugehört und schwiegen für einen kurzen Moment. Dann aber hörte ich die Mutter am Kopfende des Tisches zu mir sagen: „Ich glaube, daß das alles sehr schlimm war, was Sie erleben mußten. Aber, was wir hier in Köln durch Bombardierungen mitmachen mußten, war grausam. Alleine die Fliegeralarme in fast jeder Nacht, auch ohne daß Köln bombardiert wurde, raubten die letzten Nerven. Dann mußte ich mit den beiden Mädchen und Walter und ein paar Köfferchen mit Wertsachen in den Keller. Walter war mit seiner kaputten Wade nicht mal in der Lage, etwas zu tragen. Dann hockte man aufgeregt im Keller, zwischen den anderen aus dem Haus und der Nachbarschaft. Bei jedem Bombeneinschlag zuckten wir wohl alle zusammen.

Und nicht selten bebten die Kellerwände, wie auch wir selbst. Die einen begannen zu beten, andere unterbrachen die Gebete und wollten von einem Gott nichts wissen, der solche Grausamkeiten zuläßt. Wenn wir dann nach einem Bombenangriff in banger Sorge wieder den Keller verließen, Angst vor dem, was wir oben vorfinden würden, und unser Haus stand noch, war das für uns einer der größten und schönsten Glücksmomente."

Die Mutter schwieg, und ich sah ihr an, daß die Erinnerung an damals sie erregt hatte. Ich konnte sie deswegen gut verstehen und meinte zu ihr, daß die schlimmsten Bombardierungen ja Mitte 1944 bis 1945 stattgefunden haben sollen. Da war ich bereits in der Gefangenschaft. Aber bei meinem letzten Lazarettaufenthalt im Oktober 1943 hatte ich einen Kameraden auf meinem Zimmer, der mir erzählte, wie schlimm es ihnen in Hannover ergangen war. Ich bekam den Eindruck, daß die Menschen dort viel Schrecklicheres mitgemacht hatten als wir Soldaten an der Front. Eine ungeheure Wut hatte mich damals gepackt. Was war das wohl für ein Krieg? Galt in ihm die Regel der Kriegführung Soldaten gegen Soldaten nicht mehr? War jetzt das Niveau soweit abgesunken, daß man dazu überging, zuerst Frauen, Kinder und alte Menschen mit Bomben zu demoralisieren, ihre Heimstätten zu zerstören, um dann ein Land leichter in die Knie zu zwingen? Längst wußten die Alliierten, daß Hitler und seine Nazis Verbrecher waren.

Ich hatte mich regelrecht in Rage geredet, und Walter sagte zu mir: „Aber Baddy, nun rege dich nicht so auf, du hast ja schon einen richtig roten Kopf davon. Jetzt im Nachhinein wissen wir alle, daß unser hochverehrter Führer ein ganz erbärmlicher Verbrecher war. Das ist uns ja auch nach dem Krieg, als die KZ-Morde alle bekannt wurden, klar bestätigt worden. Und daß sich viele von den Nazis schwer schuldig gemacht haben, ist auch eine Tatsache. Aber davon wußte keiner etwas von uns armen Frontschweinen. Und ich glaube auch, daß der allergrößte Teil der Zivilbevölkerung nichts davon gewußt haben kann, sonst hätte es viel früher schon eine Wende gegeben."

Nach einer kurzen Pause fuhr Walter fort: „Aber was soll das alles hinterher mit unseren Feststellungen und Mutmaßungen. Wo wir doch mehr als ein Brett vor dem Kopf hatten und für einen Verbrecher in den Krieg gezogen sind, Millionen dafür mit dem Leben bezahlt haben und zu Krüppeln geworden sind, und hinterher, so wie du, in einer jahrelangen Gefangenschaft ebenfalls das Schlimmste durchgemacht haben. Laßt uns nicht mehr davon reden. Trotzdem wurde uns gerade durch diesen Krieg eine Erkenntnis vermittelt, die nicht nur prägend sondern belehrend unser Leben in Zukunft beeinflussen wird. Vielleicht geschieht das sogar ganz unbewußt, ohne daß wir überhaupt was dagegen tun können."

Im Laufe des Abends gingen wir alle zum „Du" über. Vera regelte den Ablauf des folgenden Tages. Sie würde mit mir in die Severinstraße fahren, um auszukundschaften, wo Lias Elternhaus gestanden hatte

Ich übernachtete auf der Couch und am nächsten Morgen lief dann alles so, wie es abends zuvor besprochen worden war. Es ging trotzdem auf zehn Uhr zu, ehe Vera und ich in der Nähe des Krankenhauses der Augustinerinnen aus der Straßenbahn stiegen. Da standen wir nun und schauten und gegenseitig an und wußten nicht so recht, ob wir nun nach links oder nach rechts gehen sollten. Irgendwer hier in der Straße müßte sich doch an eine Familie H. erinnern können und vielleicht noch wissen, wo ihr Haus vor dem Bombenangriff gestanden hatte.

So schritten wir zunächst langsam, mal nebeneinander, mal hintereinander. Erschütternd wirkte der Anblick vieler zerstörter Häuser auf mich ein. Und das um so mehr, weil ich gleichzeitig die unverwüstete Straße, wie ich sie vor genau zehn Jahren gesehen hatte, vor Augen hatte. Ich weiß nicht, wie es Vera erging, aber auf mich wirkten sich diese massiven Zerstörungen qualvoll aus. Besonders wegen meiner Erinnerungen an so viele schöne und unvergeßliche Stunden hier und im Umfeld der Straße. Weil ich mich plötzlich an etwas Bestimmtes erinnert fühlte, bat ich Vera, die Straßenseite zu wechseln. Wie auf eine innere Eingebung hin steuerte ich von der Severinstraße eine Seitenstraße an und erkannte sofort vor uns liegend den Hof des Jakobsklösterchens.

Ich spürte, wie ich mich gezwungen fühlte, meine Zähne fest aufeinander zu drücken. Es war wieder eine meiner Rührungen, von denen ich bis gestern hier in Köln geglaubt hatte, daß sie mich wegen meiner Erlebnisse in den letzten Jahren wohl ein Leben lang verschonen würden. Und dann – fast erstarrte mein Blick – wie gebannt schaute ich auf das Gebäude, das mir nicht nur sehr bekannt vorkam, sondern in dem ich das Weihnachtsfest 1937 und die darauffolgenden Silvester- und Neujahrstage in bewegender Weise erlebt hatte. Es war meine Freundin Lia gewesen, die meinen Aufenthalt im Augustinerinnen-Krankenhaus durch ihre Besuche besonders erhellte. Und jetzt blickte ich wie gebannt auf dieses Gebäude, das im Volksmund Severinskrankenhaus hieß und das scheinbar von den Bomben verschont geblieben war.

Irgendwie muß Vera mein Verhalten etwas komisch vorgekommen sein. Sie stieß mich leicht in meine Seite und fragte: „Na, was ist denn Baddy, wollen wir hier Wurzeln schlagen? Oder ist dir was Besonderes aufgefallen?"

Fast ein wenig erschreckt schüttelte ich nur mit dem Kopf, drehte mich um und ging mit Vera wieder auf die Severinstraße zurück, um gleichzeitig geschockt auf das so stark durch Bomben verwüstete Mutterhaus in der Severinstraße zu zeigen. Die Wünsche, die ich damals nach England und Amerika hinüber geschickt habe, möchte ich hier nicht wiedergeben.

Schweigend gingen wir beide dann weiter. Wo sollten wir bloß nach dem Haus oder den Angehörigen der Familie H. fragen? Wir sahen nicht viele Häuser, bei denen man erkennen konnte, daß sie bewohnt waren. In einigen hatten wir schon nachgefragt. Immer wieder Kopfschütteln. Dann, nach gewiß einer guten dreiviertel Stunde – wir wollten schon in der entgegengesetzten Straßenrichtung auf unsere immer gleichen Fragen eine Antwort suchen – trat ich auf einen älteren Mann zu. Er trug eine bunt verpackte Rolle auf der Schulter und war gerade im Begriff, die Haustüre aufzuschließen. Erstaunt schaute er mich an, als ich ihn fragte, ob er sich vielleicht an eine Familie H. erinnern könnte, die hier in der Straße gewohnt hätte. Der Mann überlegte nicht lange und antwortete mit einem spontanen „Und wie!". Dann fügte er erklärend hinzu: „Mir hat die Familie echt leid getan. Zuletzt wohnte Frau H. mit einer von ihren beiden Töchtern alleine in der Wohnung. Ihr Mann war nach der zweiten Verhaftung längere Zeit im KZ. Als die Familie dann später ausgebombt wurde, ist sie wie viele andere in Köln weggezogen. Wo sie sich niedergelassen haben, das kann ich Ihnen leider auch nicht sagen."

Auf meine Frage hin, wo genau ihr Haus gestanden habe, fuhr er fort: „O jeh, warten Sie einen Moment, ich gehe gerne mit Ihnen und zeige es Ihnen."

Wir folgten ihm. Nach weniger als hundert Metern blieb er stehen und zeigte auf einen mehrere Meter hohen Trümmerhaufen, aus dem nur noch zerborstene Mauerreste herausragten, und sagte nur kurz: „Da hat's gestanden, und ich werde dann mal wieder gehen."

Wir bedankten uns und sahen dem freundlichen Mann

noch kurz nach, wie er zu seiner Wohnung zurückging. Ich schaute Vera etwas unschlüssig an. Jetzt, wo ich vor dem Haus stand, von dem Lia mir in Sinnersdorf so manches erzählt hatte. In dem sie geboren und aufgewachsen war, in dem sie erlebt hatte, wie die Gestapo ihren Vater verhaftet und mitgenommen hatte, und das sie dann mit ihrer Mutter und Schwester verlassen hatte, weil so vieles für sie unerträglich geworden war. Während sie damals unter den Repressalien litt, war ich mit Leib und Seele ein eifriger, braver siebzehnjähriger Hitlerjunge gewesen, der unbeirrbar an den geliebten Führer glaubte und den der damalige Wahlspruch „Wer die Jugend hat, dem gehört die Zukunft" stolz machte, mit dazu zu gehören.

An das alles erinnerte ich mich während der kurzen Weile, in der Vera und ich vor den Trümmern Lias Elternhauses standen. Und Vera war es dann auch, die mich mit zaghafter und verhaltener Stimme fragte: „Und nun, was wollen wir jetzt hier noch tun? Du willst doch nicht etwa hier zwischen den Mauerresten nach einem Gegenstand suchen, der ein Erinnerungsstück für deine damalige Freundin wäre."

Nachdenklich gab ich ihr zur Antwort: „So ganz abwegig ist das nicht mal, aber wir wollen es trotzdem sein lassen. Mich hat das alles hier schon genug berührt, und deshalb laß uns den Rückweg antreten."

Doch ich konnte mich nicht von dem Gedanken trennen, daß ich noch wesentlich mehr von Lia und ihrer Familie hätte in Erfahrung bringen können oder müssen. Vera unterbrach mich in meiner gedanklichen Unzufriedenheit: „Es ist heute zwar schon zu spät, aber morgen gehen wir auf das Einwohnermeldeamt und versuchen mehr von dem in Erfahrung zu bringen, weshalb du nach Köln gekommen bist."

Wir fuhren wieder mit der Straßenbahn zurück. Und während ich dann aus dem Fenster blickend all die vielen

Häuserruinen sah, kam es mir vor, als sei die intakte Straßenbahn ein Teil der Herzader der einst so schönen Stadt Köln, in der es jetzt wieder zu pulsieren begann.

Zu Hause empfing uns die Mutter fast ein wenig vorwurfsvoll: „Ich hatte geglaubt, ihr wäret wenigstens zum verspäteten Mittagessen wieder hier gewesen. Aber ich habe euch noch was vom Erbseneintopf aufbewahrt."

Jetzt wurde es mir bewußt, wie lange wir uns in der Severinstraße aufgehalten hatten. Zwar verspürte ich selbst immer noch kein Hungergefühl, aber wie war es mit Vera? Ich bekam wegen meiner Unaufmerksamkeit ein richtig schlechtes Gewissen. Aber ich hätte nichts gegen die übergangene Essenszeit machen können. Denn Lebensmittelmarken hatte ich keine, um damit etwa ein paar Brötchen und ein Stück Wurst zur Überbrückung des Mittagessens zu kaufen.

Und während wir uns jetzt zu Tisch setzten, die Mutter uns den warm gehaltenen Erbseneintopf vorsetzte, kam mir plötzlich der Gedanke an die Kartons mit den Erbsenwürfelstangen. Wie man mir fünf Wochen zuvor nach meiner Heimkehr erzählt hatte, waren die Stangen in der Eifel in der Nähe der V1-Abschußrampe am Heyerberg bei Heyroth in großen Mengen kistenweise eingelagert gewesen. Nachdem die Amerikaner den Ort und die Abschußrampe eingenommen hatten – im amerikanischen Heeresbericht soll es geheißen haben „Festung Heyroth gefallen" – wurden die Erbsenwürfelstangen von der Bevölkerung gleich fuhrenweise abtransportiert und zu Hause versteckt. Drei Kartons voll mit Erbsenwürfeln, in Stangen zu zehn Stück, hatte ich zu Hause über der Scheunentenne gesehen. Mit nur einem Karton mit gewiß über hundertfünfzig Erbsenwürfeln hätte meine großzügige Gastgeberfamilie ihre knappen und rationierten Lebensmittel wunderbar ergänzen können. So schlug ich Vera und der erstaunten Mutter vor: „Wie wäre es, wenn ich übermorgen wieder nach Hause fahre, und Vera fährt mit, um dann nach einigen Tagen mit etwas gehamstertem Fett zurückzukommen?"

Dann erzählte ich ihnen von den Kartons mit den Erbsenwürfeln und natürlich auch von meinem Plan, einen von diesen zu ihnen nach Köln zu schaffen. Aber das würde bestimmt mit einem Problem verbunden sein. Einmal war der Karton mit seinen etwa fünfundzwanzig Pfund zu schwer zum Schleppen. Man konnte diese Menge nicht so einfach verstecken wie ein paar Pfund Butter. Außerdem waren die Kontrolleure an der französisch-englischen Zonengrenze hinter Jünkerath so beschlagen, daß sie wußten, wo man so manches versteckte, um es aus der einen Zone in die andere zu bringen. Plötzlich hatte ich eine Idee. „Wißt ihr was, wir stecken den Karton mit den Erbsenwürfeln in eine etwas größere Kiste und deklarieren den Inhalt als Vertäfelungsplatten, von denen wir dann auch etliche obenauf in die Kiste legen. Diese schicken wir dann per Fracht oder Expreßgut mit der Eisenbahn nach Köln. Ihr bekommt Bescheid vom Bahnhof und könnt dann die Kiste dort abholen. Das klappt bestimmt. Und der Inhalt der Kiste ist ja auch unverdächtig, wo doch überall Bau- und Renovierungsmaterial benötigt wird."

Jetzt schauten mich alle verwundert, aber mehr noch erfreut an, und ich war froh, daß ich auf die Idee mit den Erbsenwürfeln gekommen war und meiner mehr als überaus freundlichen Gastfamilie auf diese Art ihre sehr bescheidene Lebensmittelzuteilung etwas aufbessern konnte.

Inzwischen war auch Melanie aus dem Krankenhaus gekommen. Sie setzte sich sofort mir gegenüber an den Tisch, fixierte mich fast spitzbübig und fragte mich: „Macht es dir was aus, wenn du mir vom Kaukasus oder vom Schwarzen Meer erzählst? Das würde mich ungemein interessieren!"

Vera aber schien gar nicht von der Neugier ihrer Schwester erbaut zu sein: „Nun übertreibe mal nicht mit deinem Vorwitz. Danach steht uns jetzt nicht der Kopf. Wir sind heute stundenlang in der Severinstraße herumgegondelt und haben versucht, etwas über seine Freundin in Erfahrung zu bringen. Aber außer ihrem zerbombten Haus gab es nichts, was ihn weitergebracht hätte."

Jetzt schmollte Melanie ein wenig und bedauerte: „Dann wird es wohl nichts mehr werden mit dem Kaukasus?"

Als ich ihr enttäuschtes Gesicht sah, konnte ich nicht anders, als mich dazu bereit zu erklären, ihr ein besonderes Erlebnis zu erzählen. Im Moment aber wußte ich nicht, welches ich herausgreifen sollte. Nach kurzer Überlegung erinnerte ich mich an eine Begebenheit im Hafen von Tuapse. Melanies Mienenspiel verriet mir unmißverständlich, wie sehr sie sich darüber freute, wieder einmal etwas aus dem Land zu erfahren, das sie bisher nur aus dem Heeresbericht kannte. Ohne lange Umschweife begann ich dann von jenem Erlebnis im Oktober 1945 zu erzählen.

Aus dem Lager Armawir auf dem Kuban, wo man uns seit Oktober 1944 gefangen gehalten hatte, waren wir im Februar 1945 in ein kleineres Lager in Tuapse am Schwarzen Meer transportiert worden. Wir erlebten dann dort den Frühling, dessen südliche Blütenpracht anfangs noch eine Bewunderung bei uns auslöste. Denn wir waren erst ein dreiviertel Jahr in der Gefangenschaft, körperlich noch nicht völlig heruntergekommen, hatten aber Hunger ohne Ende. Wenig von einem normalen Leben war uns während dieser Zeit, in der der Krieg weiter tobte, noch geblieben. Aber das schwand bald auch bei jedem von uns immer mehr, Woche für Woche, Monat für Monat. Wir waren fast alle nervlich so überspannt, daß eine einfache Unterhaltung immer seltener wurde. Der Herbst kam, und zum zweiten Mal wurde es Oktober in der Gefangenschaft. Noch herrschte ein warmes, sonniges, fast sommerliches Wetter am Schwarzen Meer. Aber es gab nichts, was uns Gefangene noch warm ums Herz werden ließ. Seit anderthalb Jahren hatte ich keine Nachricht mehr von zu Hause erhalten. Der Krieg war seit fünf Monaten zu Ende, und die Euphorie darüber, daß nun auch bald die Zeit hinter Stacheldraht vorbei sein würde, war längst verflogen. Kein Grund also, das Fluidum des goldenen Herbstes hier in Tuapse und an der Schwarzmeerküste zu genießen. Statt dessen marschierten wir mit immer weicher werdenden Knien zum Hafen, um die ankommenden Schiffe zu entladen. Diesmal war es kein Tabakschiff, dessen Bauch wir ausräumen mußten, diesmal war es ein Frachter, den man mit Kisten und allen möglichen Haushalts- und technischen Geräten aus Deutschland vollgepackt hatte. Und seltsamerweise bedeuteten mir all diese Gegenstände Grüße aus der Heimat, die die unbändige Sehnsucht nach einem baldigen Ende der Unfreiheit noch verstärkten.

Beim Entladen des Frachters schlug eine Transportkiste so stark auf der Hafenrampe auf, daß die Kiste aufplatzte und samt Inhalt in das Hafenbecken fiel. Es waren gerahmte Bilder darin enthalten, die jetzt durchnäßt aus dem Wasser gefischt werden mußten. Ein etwa sechzig mal hundert Zentimeter großes Bild, welches aus der Vogelperspektive heraus gemalt war, erregte dabei meine Aufmerksamkeit besonders. Auf einem laubgrünen Hintergrund setzten sich drei tiefblaue, ovale Flächen ab, darunter der Schriftzug „Die Tränen der Eifel". Das Ölgemälde zeigte – das erkannte ich sofort – drei Eifelmaare: das Gemündener Maar, das Schalkenmehrener Maar und das sagenumwobene Weinfelder Maar. Da schwammen sie nun, die Tränen der Eifel. Im Wasser des Schwarzen Meeres.

Gestikulierend hatte der russische Naschallnik (Vorarbeiter) unsere Bergungsarbeit begleitet. Ein russischer

Offizier kam hinzu und ordnete an, ein Drahtseil längs der Lagerhalle zu spannen, an dem die Bilder angelehnt in der Sonne trocknen könnten. Mir allerdings hatten „Die Tränen der Eifel" moralisch schwer zugesetzt. Und ohne etwas dagegen tun zu können, wurde ich in Gedanken – fast zu ein paar Tränen gerührt – in meine Eifelheimat zu meinen Eltern und Angehörigen zurückversetzt. Schließlich wußte man nicht einmal, ob ich überhaupt noch lebte. Und mich bedrückte auch die schmerzliche Ungewißheit, ob und wie sie die letzten Kriegsmonate überstanden hatten.

Als wir am nächsten Morgen wieder zum Hafen kamen, war ein Teil von dem, was wir am Vortag aus dem Frachter herausgeschafft hatten, schon abtransportiert worden. Auch stand keines der Bilder mehr da. Aber immer wieder erschien mir im Laufe des Tages vor meinem geistigen Auge das Gemälde von den Eifelmaaren und versetzte mich augenblicklich in meine melancholische Stimmung. Drei Wochen später hatte ich wiederum ein für mich unvergeßliches Erlebnis.

Nach der allmorgendlichen Arbeitseinteilung führte mich einer der Wachposten zu einer etwa einem Kilometer entfernten Offizierswohnung in einem typisch niedrigen Holzhaus, welches inmitten eines Gartengrundstückes stand. Zunächst begrüßte mich die Frau des Offiziers mit freundlichem Nicken und schickte den Wachposten wieder zurück zum Lager. Da ich bereits einige Brocken Russisch konnte, hatte ich auch wenig Mühe, die Arbeitsanweisung der freundlichen Frau zu verstehen und begann im Schuppen mit dem Brennholzhacken. Mittlerweile war es Mittag geworden. Ein etwa fünfzehnjähriges Mädchen – wahrscheinlich die Tochter des Offizierspaares – kam zu mir in den Schuppen, sagte „Kuscheit, Kuscheit" (Essen, Essen) und führte mich ins Haus. In der Küche stand eine Schüssel Gemüsesuppe, eine Schale mit Graupen-Kasch (Püree), und daneben lag das übliche Brot zur Suppe. Ich hatte Mühe, meine Überraschung über die gute Bewirtung zu verbergen. Aber noch mehr erstaunt, ja fast bestürzt war ich, als ich von der Küche aus in das Wohnzimmer blickte und dort „Die Tränen der Eifel" an der Wand hängen sah. Ein unbeschreibliches Gefühl überwältigte mich und hielt mich den Nachmittag über, während ich den Garten umspatete, gefangen. Als es bereits nach neunzehn Uhr war und der Wachposten immer noch nicht erschien, um mich wieder ins Lager zurückzubringen, bedeutete die Offiziersfrau mir, alleine ins Lager zurückzugehen. Lächelnd reichte sie mir noch ein großes Stück Brot und einen Apfel.

So schlenderte ich dann mit einem wunderbar satten Gefühl im Magen die abschüssige Straße hinunter zum Lager. Ich konnte es fast nicht begreifen, daß ich es selbst war, der auf einmal ohne bewaffneten Posten frei über die Straße ging, an russischen Häusern entlang, an russischen Frauen und Männern vorbei, die mich ein wenig neugierig anschauten, aber weitergehen ließen, obwohl sie mich als einen deutschen Kriegsgefangenen erkennen konnten, der sich ohne Bewachung frei in der Öffentlichkeit bewegen durfte. Ich ging absichtlich noch langsamer, um das herrliche Gefühl der augenblicklichen und kurzweiligen Freiheit hinauszuzögern und auszukosten.

Als ich dann etwas später an dem verwundert dreinschauenden Posten am Stacheldrahtzaun vorbei in das Lager hineinging, wurde ich schlagartig aus meiner kurzen Freiheit in die trostlose Wirklichkeit zurückgeholt. Aber die seltsame, zweimalige Konfrontation mit dem Ölbild, das aus meiner Heimat in Deutschland über das Schwarze Meer nach Tuapse transportiert worden war und jetzt das Wohnzimmer eines russischen Soldaten zierte, mobilisierte erneut meine Willenskraft und die Hoffnung, diese Gefangenschaft zu überleben und die Heimat wiederzusehen.

Nach den letzten Worten meiner Geschichte aus Tuapse schwieg ich einen Moment und stellte fest, daß nicht nur Melanie alleine mir interessiert zugehört hatte, sondern auch die Mutter, Walter und Vera. Und Vera war es dann aber auch, die die anderen anmahnte, sich mal zu überlegen, was sie zum Tauschen gegen Butter oder Speck in die Eifel mitnehmen könnte. Melanie gab in ihrer hellen Stimme zur Antwort: „Ich hab doch meine fast neuen Sommersandalen, die mich immer auf der Reihe drücken."

Walter unterbrach sie halblaut lachend: „Die kannst du zum Tauschen vergessen, so was wie Schuhe taugen nicht zum Tauschen. Wer will seine Füße schon in ein gebrauchtes Schuhwerk von Leuten stecken, die man nicht kennt und nie gesehen hat. Wenn man dann noch an Schweißfüße oder Fußpilz denkt, da kann man eine Abneigung gegen gebrauchte Schuhe verstehen."

„Ja, ja, unser Walter hat und soll mal wieder recht haben", gab Melanie zu. Und Vera fragte zögerlich hinterher: „Zählen denn dazu auch anders gebrauchte Bekleidungsstücke aus Leder?"

„Was meinst du denn damit?", hörte ich die Mutter sagen. Vera entgegnete ihr: „Eigentlich geht es mich nichts an, aber Walters Lederjacke hängt nun schon beinahe zehn Jahre wie ein Heiligtum im Schrank. Sie hat damals prima gepaßt, und er hat sie auch immer so gerne angezogen. Aber jetzt müßte er seine ganze Figur ummodeln lassen, um noch einmal hineinzupassen."

Beim letzten Satz war ein verschmitztes Lächeln über ihr Gesicht gehuscht. Doch Walter antwortete gleich: „Vera, du hast recht. Ich wollte ihn neulich noch mal anprobieren, aber es hat keinen Zweck, ich werde ihn wohl nie mehr anziehen können. Wirklich schade, wo er doch neuwertig aussieht."

„Prima", lachte Vera, „dann muß ich auch mal im Kleiderschrank spionieren, was ich zur Fettaufbesserung beisteuern kann."

Jetzt glaubte ich, von der Mutter ein leises „O jeh" gehört zu haben, schaute zu ihr hinüber und hörte, wie sie mit einer etwas wehmütigen Miene sagte: „Ach, da kann ich mich mal wieder nicht beteiligen. Was bei mir noch im Schrank ist, taugt zum Teil nicht mal mehr für mich."

Darauf entgegnete ihr Walter fast ärgerlich: „Nun ist es aber genug, Mutter! Du hast dich wahrhaftig genug für uns eingesetzt, jetzt bleibst du außen vor, jetzt sind wir mal für dich da."

Vera erhob sich und verschwand zur Tür hinaus, um das Hamstergepäck zusammenzustellen.

Eine Hamstertour durch die Eifel

So saßen Vera und ich am nächsten Morgen gegen zehn Uhr nebeneinander im Personenzug, der vom Hauptbahnhof Köln aus in Richtung französische Zone dampfte. Das Abteil war zu Anfang ziemlich voll, und die Luft war stickig und roch nach Mottenpulver. Wir vermuteten, daß der Mottenpulvergeruch von dem uns gegenüber sitzenden, älteren Paar herstammte. Denn als die beiden nach einigen Stationen ausstiegen, verflüchtigte sich auch der unangenehme Geruch. Jetzt, wo die Plätze gegenüber frei geworden waren, stand ich auf und setzte mich Vera vis-à-vis ans Abteilfenster. So könnte ich mich besser mit ihr unterhalten, dachte ich. Doch ohne daß ich vorher etwas bemerkt hatte, stellte ich nach meinem Platzwechsel fest: Vera war eingenickt.

So blickte ich dann mehr oder weniger interessiert aus dem Fenster. Daß der Zug im gemächlichen Tempo dahinpufferte und an jedem Bahnhof quietschend hielt, störte mich nicht im geringsten. Aber andere Gedanken schlichen sich jetzt bei mir ein. Gedanken, denen sich eine gewisse Unzufriedenheit beimischte. Ich fragte mich, was mich dazu gebracht hatte, bei meinem noch so miserablen Körperzustand kurz nach meiner Heimkehr die Fahrt nach Köln anzutreten. Eine leichte Bitternis kam in mir auf, als mir so richtig bewußt wurde, daß ich bei meiner Suche nach Lia nur ein Trümmergrundstück und ein paar stehengebliebene Mauerreste vorgefunden hatte. Aber ich fand auch vier mir bis dahin ganz fremde Menschen, die mir Trost spendeten und mich bei meiner Suche unterstützten.

Ich blickte zu Vera hin. Sie schlief anscheinend fest. Ich aber war um so wacher und erstaunt darüber, welche Fragen mich zu vereinnahmen schienen. Fragen, die mich geradezu dazu zwangen, Antworten auf sie zu finden. Aber Antworten, die mir ohne Wenn und Aber zu erklären vermochten, warum nicht einmal der Stacheldraht des Gefangenenlagers in Roman mich von dem Glauben an den Führer abzubringen in der Lage gewesen war. Denn damals, 1944, sagte ich noch unbeirrbar und hoffnungsvoll zu mir selbst: „Der Führer holt uns auch hier wieder raus."

Die schmerzliche wie auch grausame Erkenntnis, von einem Irrglauben beherrscht worden zu sein, ernüchterte mich auf eine unvorstellbare Weise. Und strafte mich ab mit einer Gefangenschaft, ausgerechnet in dem Land, das vom Bolschewismus radikal verseucht und von Untermenschen bevölkert sein sollte. Aber gerade hier wurde mir im tagtäglichen Umgang jede erdenklich mögliche Menschlichkeit zuteil. Und diese Menschen waren es auch nicht, denen man anlasten konnte, verantwortlich für den hunderttausendfachen Hunger- und Schwächetod der Gefangenen zu sein. Es lag erstens an der allgemein schlechten Ernährungslage in Rußland selbst. Und zweitens verschwanden die für die arbeitenden Gefangenen bestimmten Lebensmittel zu einem großen Teil in anderen Kanälen. Darum waren unweigerlich so viele Gefangene zu körperlichen Wracks geworden, und schlimmer noch: Sie sahen die Heimat nicht wieder.

Gewiß über eine Stunde saß ich da mit meinen Gedanken, bekam kaum mit, wenn der Zug an jedem Bahnhof hielt und leicht ruckend wieder anfuhr. Und ich hatte immer noch keine Antwort auf die eine Frage an mich selbst gefunden. Zwar hatte ich schon des öfteren versucht, meinen Glauben an den Führer so zu begründen, daß ich mir sagte: Wenn so viele angesehene, kompetente und maßgebende Persönlichkeiten im öffentlichen und privaten Leben sich zu dem Führer bekennen, so kann mein Glaube an seine Rechtschaffenheit und Richtigkeit, seine Handlungs- und Führungsweise nicht falsch sein.

Allerdings, eines verstand ich schon 1942 nicht, nämlich

daß die gesamte Generalität es hingenommen hatte, daß der Führer während des Rußlandfeldzuges sich selbst zum Oberbefehlshaber der Wehrmacht ernannt hatte, wo er im Ersten Weltkrieg doch nur Gefreiter gewesen war. Ich konnte mir zwar vorstellen, daß dies nicht im Sinne und Einverständnis der meisten Generäle gewesen war, aber eine Weigerung wäre wohl für jeden einzelnen nicht ohne persönliche Folgen geblieben.

Ich schaute auf meine Armbanduhr. Es konnte sich höchstens noch um eine halbe Stunde handeln, bis wir in Jünkerath nach Niederehe umsteigen mußten. Aber jetzt war ich es, der müde geworden war. Ich lehnte mich etwas zurück, um auch gleichzeitig meine Beine lang zu machen. Unbeabsichtigt stieß ich dabei Vera an. Erschrocken wachte sie auf. Meine Bitte um Entschuldigung bedachte sie nur lächelnd mit der Frage: „Wo sind wir denn jetzt, sind wir bald da? Hast du auch Augenpflege gemacht?"

„Leider nein", gab ich zur Antwort. „Ich hätte es besser getan. Statt dessen habe ich mich an die verdammten letzten Jahre erinnern müssen. Schön blöd von mir. Als wenn es nicht gereicht hätte, sie erlebt zu haben."

Während wir uns noch einige Minuten angeregt unterhielten, wurde die Abteiltür aufgeschoben. Ein breitschultriger Mann, dem man den Zollbeamten auch ohne Uniform angesehen hätte, stand vor uns und bat freundlich, aber mit dienstlicher Stimme, unsere Ausweise vorzuzeigen. Vera reichte ihm ihren zuerst. Etwas mißtrauisch beäugte der Beamte den Ausweis, mal von der Vorderseite, dann von der Rückseite, um ihn dann Vera wieder zurückzugeben. Bei Veras Packtasche, die er sich jetzt vorzeigen ließ, interessierte er sich auffällig stark für den untersten Stauraum. Als er auch dort nur einige Bekleidungsstücke fand, die er wahrscheinlich für ihren täglichen Bedarf hielt, schob er ihr die Packtasche wieder zu.

Jetzt reichte ich ihm mein DIN A 4-großes, mit Daumenabdruck verziertes Ausweisdokument hin. Dieses nahm er noch wesentlich länger in Augenschein als Veras Paß. Er sprach halblaut die groß gedruckte Dokumentbezeichnung LIBERATION PROVISOIRE vor sich hin. Dann klebte sein Blick förmlich an dem großformatigen Stempelabdruck und der Unterschrift des „Le Colonel BAILLOUX. Directeur de I Annexe de La D.G.PG. Allemagne et Autriche" und „P.O. Le Chef de Bataillon BALAC Commandant le Depot de Transit No. 1". Seinem mißtrauischen Kopfschütteln nach zu urteilen hegte er irgendwelche Zweifel. Dann aber nestelte er ein Blatt Papier aus seiner Umhängetasche, hielt diese mir als Schreibunterlage vor und ließ mich meinen vollen Namen schreiben, um dann diesen mit meiner Unterschrift auf dem Dokument zu vergleichen. Er nickte zustimmend und gab mir dann endlich und augenscheinlich von allen Zweifeln befreit mein Dokument zurück.

Dieser gute Mann konnte sich bestimmt nicht vorstellen, was das Blatt Papier, auf dem außer meinem Namen, meiner Anschrift und dem Heimatbahnhof Niederehe nichts in deutscher Sprache stand, vor etwa fünf Wochen für mich bedeutet hatte. Es war mir im Entlassungslager in Ulm mit einem Händedruck und vierzig Reichsmark überreicht worden. Das Glücksgefühl, das es in mir auslöste, war unbeschreiblich, und ich kann es deshalb auch nicht in Worten ausdrücken oder niederschreiben.

Den Gurt von meiner leeren Verpflegungstasche brauchte ich jetzt erst gar nicht von meiner Schulter zu nehmen. Der Beamte winkte ab, wünschte uns sogar noch eine gute Fahrt, schob die Abteiltür zu und war aus unserem Blickfeld verschwunden. Vera und ich sahen uns zuerst etwas belustigt an und mußten dann beide einfach laut lachen.

„So", sagte ich zu Vera, „diese Hürde hätten wir geschafft. Wenn das in ein paar Tagen, wenn wir mit völlig anderem Gepäck wieder nach Köln zurückfahren, auch so glatt abgeht, könnten wir froh sein. Ich glaube, da müssen wir uns was einfallen lassen."

Wir unterhielten uns noch weiter über unser Rückfahrtproblem, aber bald las ich aus dem Abteilfenster schauend „Jünkerath".

„Sind wir jetzt da?", fragte Vera.

„Fast", entgegnete ich ihr. „Zuerst müssen wir noch umsteigen, aber in etwas mehr als einer halben Stunde haben wir es dann geschafft – bis auf das Stündchen, das wir noch laufen müssen, ehe wir endlich in Heyroth sind."

„Das sind ja schöne Aussichten! Aber wir werden es überleben, und ich trage es mit Fassung", entgegnete Vera mir mit einem süßsauren Lächeln.

Als wir endlich den Zug in Niederehe verlassen hatten, griffen wir beide je einen Tragriemen von Veras Tragetasche, nahmen diese in unsere Mitte und marschierten los. Aber bereits nach etwa einem Kilometer von den Fünfen, die wir zu bewältigen hatten, fragte mich Vera: „Hör mal, mein lieber Baddy, ist der ganze Weg bis Heyroth so knubbelig?"

Jetzt, bei dieser Frage von Vera, mußte ich mehr als wehmütig daran denken, daß auch Lia 1938 bei ihrem ersten Besuch bei mir fast dieselbe Frage gestellt hatte. Nur hatte Lia noch nachdenklich hinterhergefragt, ob sie diesen schlechten Weg später immer gehen muß. Lias Frage hatte mich zwar erschrocken, aber gleichzeitig auch ein Glücksgefühl geweckt. Signalisierte sie mir doch damit ihre Bereitschaft einer dauerhaften Beziehung mit mir.

Wahrscheinlich hatte die Erinnerung an Lia mich so sehr berührt, daß ich Veras Frage nicht gleich beantwortete und ihr mein abruptes Schweigen auffiel. Sie blieb plötzlich stehen, und weil wir zusammen ihre Tasche trugen, mußte ich es zwangsläufig auch. Wir wandten uns aufeinander zu, und Vera meinte halb lachend zu mir: „Mach dir nichts daraus, daß ich über den knubbeligen Weg gemeckert habe. Die herrliche Natur rechts und links des Weges entschädigt doch mehr als hundertfach!"

Dabei zeigte sie mit ihrer freien Hand auf die Laubbäume und Hecken ringsum, deren Laub sich jetzt schon herbstlich bunt zu färben begann. In einer entzückten Anwallung rief sie aus: „Ist das nicht wunderbar, diese heile Natur und diese reine Luft zum Atmen!"

Sie schwieg für einen kurzen Moment und fuhr dann mit merklich trauriger Stimme fort: „Wenn man so wie ich jahrelang Tag für Tag zwischen Trümmern und sichtbarem Elend leben muß, dann glaubt man sich hier in eine andere, wunderbare Welt versetzt. Du kannst es mir glauben oder auch nicht, ich bin in den letzten Jahren nicht mehr aus Köln herausgekommen. Da gab es nur eines: Für die Familie dasein und das beschädigte Haus wiederherstellen, so daß wenigstens etwas Lebensfreude erhalten blieb. Dann die Hoffnung, daß mein Verlobter doch noch lebt. Doch diese Hoffnung, die mehr und mehr zu überstarker Sehnsucht sich entwickelt, erzeugt einen regelrechten körperlichen Schmerz. Und nun laß uns weiterlaufen."

Obwohl sie die letzten Sätze wehmütig ausgesprochen hatte, fügte sie noch hinzu: „Auf diesem schrecklich knubbeligen Weg!"

Und so marschierten wir weiter, unterhielten uns über dieses und jenes, fast so, als wenn wir uns schon ein Leben lang gekannt und nicht erst vor drei Tagen zum erstem Mal gesehen hätten. Als wir dann im Dorf ankamen und die ersten Häuser passiert hatten, wunderte mich Veras plötzliches Schweigen doch ein wenig. Mir fiel ein, daß Lia, damals vor zehn Jahren, sich an dieser Stelle verwundert gefragt hatte, warum vor jedem Haus ein Kuhmisthaufen läge. Doch Vera unterbrach jetzt ihr kurzes Schweigen und meinte ein wenig amüsiert zu mir: „Jetzt werden die Leute in Heyroth bestimmt meinen, daß du dir eine neue Freundin angeschafft hast und diese deinen Eltern vorstellen wirst."

„Na so was", entgegnete ich ihr. „Mit einigen Abstrichen würde das ja auch stimmen, denn du hast es ja in den wenigen Tagen schon fertiggebracht, daß ich dich als eine Freundin bezeichnen kann. So werde ich dich auch meinen Eltern vorstellen. Nur nicht, wie die Leute vielleicht annehmen, als die neue Braut."

Wir gingen weiter die Dorfstraße entlang. Ein von zwei Kühen gezogener, eisenbereifter Ackerwagen kam uns knirschend entgegen. Er war mit prall gefüllten Jutesäcken beladen. Vera rief mir erstaunt zu: „Da guck mal, wie niedlich die Kühe den Wagen mit ihrem Kopf ziehen. Weißt du, was in den Säcken ist?"

„Ach", antwortete ich, „da sind Kartoffeln drin, die man heute ausgemacht hat."

„Kartoffeln", wiederholte Vera. „Ach Gott, wir in Köln haben in den letzten Jahren erfahren müssen, wie kostbar Kartoffeln sein können, wenn man sie nur mit Lebensmittelmarken kaufen kann. Und trotzdem oft genug einfach keine mehr da sind. Und hier kommt uns ein ganzer Wagen voller Kartoffeln entgegen. Was würde ich darum geben, wenn meine Familie in Köln nur einen Sack davon hätte. Auf dem Land müßte man leben!"

Ich konnte Veras Äußerungen gut verstehen, erwiderte ihr aber: „Das mag wohl deine augenblickliche Einstellung sein. Jetzt, wo du aus der Stadt kommst und immer noch tagtäglich mit Trümmern und einer allgemeinen Ernährungsnotlage konfrontiert wirst. Das wird sich doch alles in absehbarer Zeit wieder ändern, und du wirst dich als Stadtkind nicht mehr dauerhaft aufs einsame Land wünschen."

Vera nickte mir zustimmend zu und bemerkte: „Da könntest du sogar recht haben, ich bin nämlich ein Mensch, der das Stadtleben mit all seiner ständigen Betriebsamkeit und Abwechslung liebt."

Ich hatte Veras letzte Worte abgewartet und blieb dann stehen. Vera schaute mich fragend an: „Und jetzt, was ist jetzt?", wollte sie wissen.

Wir standen nur wenige Meter vor meinem Elternhaus, und ich antwortete ihr: „Wir sind da, hier wohne ich."

Vera sagte nur halblaut „Ahaa", blickte zum Wohnhaus hin und ließ dann ihre Augen abmessend an Scheune und Stall vorbeischweifen: „Na ja, an Platznot scheinst du ja nicht zu leiden."

Wir gingen auf die Haustüre zu, und ich richtete mich am Vera: „Jetzt muß ich dich meinen Eltern ganz clever vorstellen, sonst wird dich meine Mutter mit Sicherheit als meine Auserwählte ansehen. So wie ich sie kenne, gefällst du ihr ganz bestimmt. Darum möchte ich ihr auch hinterher nicht sagen müssen, daß sie sich darin getäuscht hätte."

Wie ich schon erwartet hatte, war der Empfang bei meinen Eltern sehr herzlich. Um jedem Mißverständnis vorzubeugen, erklärte ich ihnen: „Das ist Vera aus Köln, ihre Familie hat mich großzügigerweise in den letzten Tagen bei sich wohnen lassen. Und jetzt möchte ich Vera dabei behilflich sein, ein paar notwendige Lebensmittel zu hamstern."

Es war zwar erst früher Nachmittag, trotzdem saßen wir bald am gedeckten Kaffeetisch und erzählten meinen nicht wenig neugierigen Eltern, was wir alles in Köln unternommen hatten. Aber allzu lange blieben wir nicht am Kaffeetisch sitzen, denn ich hatte mit Vera ausgemacht, noch die Kiste mit den Erbsenwürfeln zum Bahnhof zu bringen.

Vera und ich gingen in die Scheune. Dort, auf der Balkenlage über der Tenne, befanden sich die Kartons mit den Erbsenwürfeln. Es bedurfte einiger Stemmübungen, bis Vera und ich den Karton von der Balkenlage heruntergewuchtet hatten. Dann glänzten Veras Augen förmlich vor Freunde, als sie beim Öffnen des Kartons die vielen gelblichen Würfel erblickte, die wie Sardinen verpackt stangenweise den Karton füllten. Gewiß um die zweihundert Würfel, für eine Menge Geschmack und nahrhafte Essen.

Das nächste war, eine größere Kiste zu finden, um einige Schichten Wandvertäfelungsplatten zur Tarnung auf die Erbsenwürfel legen zu können. Bis die Expreßkiste fertig gepackt war, war es Abend geworden. Nach dem Abendessen erzählte Vera meinen Eltern, was sich in den Nachkriegsjahren in Köln ereignet hatte, wobei sie sich besonders um die Darstellung der augenblicklichen Verhältnisse bemühte. Aber komischerweise hatten Vera und ich noch keine Lust, zu Bett zu gehen, als uns meine Eltern so gegen halb elf eine gute Nacht wünschten.

Fast belustigt sagte Vera unvermittelt, nachdem ihr Blick für einen Moment auf einem eingerahmten Foto von mir als Unteroffizier verweilt hatte: „Du scheinst ja auch kein eingefleischter Pazifist gewesen zu sein. Man könnte schon glauben, dein Eifer als Hitlerjunge und Parteigenosse hätte dich auch später als Soldat besonders beeinflußt, wenn nicht sogar geprägt. Aber das ist Gott sei Dank alles vorbei. Oder was sagst du dazu?"

„Ja, vorbei. Vorbei – ", gab ich nachdenklich zurück. „Eigentlich ist nur dieser verdammte Krieg vorbei. Aber die Folgen davon sind doch noch täglich gegenwärtig. Man sieht sie, man hört ständig davon und, vor allen Dingen, man spürt sie."

Und ich begann zu erzählen, daß es für mich einer Demütigung gleichkam, wenn ich hunderte Male das Wort „Faschiste" von den russischen Begleit- und Wachposten hören mußte, und sie meinten damit das ganze Lager. In ihren Augen waren wir alle ohne Ausnahme verbrecherische

Faschisten. Und ich war noch keine fünf Tage in Deutschland, war noch nicht einmal regulär aus der Gefangenschaft entlassen, da sagte in Ulm ein französischer Soldat zu mir: „Alle, alle Deutsche Nazi!"

Aber wenn ich ehrlich sein sollte, konnte man vielen Ausländern nicht verdenken, wenn sie immer noch ganz Deutschland als einen Nazi-Staat ansahen. Schließlich hatte man in der übrigen Welt auch mitbekommen, wie das Land nach 1935 immer mehr vom Nationalsozialismus beherrscht worden war, wie aus der anfänglich zurückhaltenden Hitlerzuneigung mit jedem Jahr sich eine regelrechte Führerhysterie weiter aufbaute. Und das Ausland sah auch die braun uniformierten Massenkundgebungen und Aufmärsche, die gigantischen Reichsparteitage in Nürnberg, für die sogar ich einmal als Achtzehnjähriger gemeldet worden war und woran ich auch mit Begeisterung teilgenommen hatte. Das Ausland mußte sogar glauben, daß nach so vielen lautstarken Führerbekenntnissen – in den Städten und auch in den ländlichen Gebieten bis hin in die kleinsten Orte – die meisten Deutschen Anhänger der neuen Politik waren. Die Führerhörigkeit der Begeisterten breitete sich fast ähnlich einer Epidemie aus.

Und warum wohl, warum wohl konnte dieser Vorgang innerhalb weniger Jahren solche Ausmaße erreichen? Mündige, erwachsene Menschen so überzeugend zu vereinnahmen!? Von der Jugend, zu der ich damals gehörte, ganz zu schweigen. Diese war schon kurz nach 1933 auf den Führer eingeschworen worden, in der Hitlerjugend und im Bund Deutscher Mädchen. Hitler und seiner Regierung gelang es, das Vertrauen der Bevölkerung zu gewinnen, weil unter anderem die Zusagen im Programm der Regierungserklärung eingehalten wurden: Die Beseitigung der Arbeitslosigkeit, die im wesentlichen zur Notlage der Bevölkerung beitrug. Daß man der allgemeinen Zahlungsunfähigkeit im privaten und öffentlichen Bereich damit entgegentrat, daß man eben mehr Geld in den Umlauf brachte, wußte die Bevölkerung natürlich nicht. Ich kann mich noch an den Ausspruch „Die Arbeit ist die Deckung der Reichsmark" erinnern.

So war es nicht verwunderlich, daß dem Vertrauen, welches man Hitler jetzt nach dem scheinbaren Wirtschaftsaufschwung entgegenbrachte, eine regelrechte Glorifizierung der Person selbst, aber auch der braunen Regierung folgte. Natürlich verfehlten die fanatischen Reden Hitlers ihre Wirkung bei der Bevölkerung nicht. Sie wurden nicht nur im Radio übertragen, sondern auch in der Presse Wort für Wort abgedruckt. Überhaupt, sein fanatischer Einsatz wird bestimmt dazu geführt haben, daß er bereits gleich nach der Parteigründung seine persönliche Geltung steigern konnte. Nicht zuletzt wegen seiner Parteimitgliedsnummer sieben. Dabei war es nicht einmal von Bedeutung gewesen, daß er als Staatenloser galt, weil er seine ursprüngliche österreichische Staatsangehörigkeit zurückgegeben hatte, und das mit dem vollen Einverständnis der damaligen Regierung.

Daß er Jahre später sich um die deutsche Staatsangehörigkeit bemühte und sie auch erhielt, hatte ja auch nur zum Ziel, sich in der deutschen Politik namhaft betätigen zu können. Machtbesessenheit hatte ihn förmlich angesteckt. Er glaubte, bei seinen Gesinnungs- und Parteigenossen und gesellschaftlich höherrangigen Persönlichkeiten mitmischen zu müssen. Obwohl seine Herkunft alles andere als eine besondere war. Gerade als ehemaliger, einfacher Gefreiter des österreichischen Heeres fühlte er sich zwischen vormaligen Offizieren und anderen Überlegenen gefordert, sein Durchsetzungsvermögen zu steigern.

Vera hatte mir bis dahin zugehört. Kopfschüttelnd sagte sie dann zu mir: „Glaub mir doch, das meiste von dem, was du geredet hast, ist mir doch auch bekannt. Vielleicht, oder sogar bestimmt, so manches mehr. Bin ja schließlich in Köln aufgewachsen. Ich habe dir nur deshalb so zugehört, weil ich spürte, daß es dir in Wirklichkeit darum ging, etwas aufzuarbeiten, was du viel lieber verstecken würdest. Schließlich ist es ja auch kein schöner Gedanke, davon überzeugt zu werden, daß die jahrelang verehrten Idole zu nichtswürdigen und größenwahnsinnigen Kreaturen geworden waren. Oder sollten sie es schon vorher gewesen sein, und wir haben es in unserer Verblendung gar nicht wahrgenommen? Aber nun laß uns das Thema beenden. Es ist spät geworden, und morgen früh müssen wir unsere wertvolle Kiste zum Bahnhof bringen. Vielleicht weckst du mich morgen früh. Ich bin nämlich ein unverbesserlicher Morgenmuffel."

Ich brauchte an diesem Abend noch eine Weile zum Einschlafen, denn ich fragte mich, wann mein Leben endlich wieder normal werden würde.

Am nächsten Morgen kamen Vera und ich fast gleichzeitig aus den Federn. Nach dem Frühstück ergab sich das Problem, wie wir unsere Kiste am besten zum Bahnhof transportieren könnten. Für ein Fahrrad war sie zu schwer. Also mußte ein kleiner Handleiterwagen her. Es gab zwar nur noch einen im Dorf, aber er wurde uns gerne geliehen. Aufgeladen war die Kiste schnell. Vera und ich ergriffen dann die Holme an der Deichsel und zogen wie ein geduldiges Gespann den Handwagen über den holperigen Weg zum Bahnhof Niederehe. Allzu angeregt haben wir uns dabei nicht unterhalten. Denn der Handwagen mit seinen kleinen Holzrädern und der Eisenbereifung ließ sich nicht leicht über den unebenen Weg ziehen. So waren wir froh, als wir die Kiste als Expreßfracht deklariert auf dem Bahnhof aufgegeben hatten und mit dem leeren Wägelchen wieder die fünf Kilometer heimwärts nach Heyroth zogen. Und während wir jetzt ganz gemächlich dahinzogen, meinte

Vera lachend: „Wir geben ein ganz gutes Gespann ab, oder was meinst du, mein lieber Baddy?"

Ich war nicht einmal besonders überrascht über Veras Bemerkung, fand sie sogar ulkig, so wie wir beide nebeneinander am Wägelchen daherzogen, und antwortete ihr ebenso halblaut lachend: „Wenn du uns beide hier an dem Wägelchen als Gespann siehst, dann magst du sogar recht haben, aber ..."

Vera blieb jetzt stehen, schaute mich seltsam an und fragte mich: „Was meinst du mit ‚aber'?"

„Was du dir doch denken kannst, meine ich, oder willst du es noch genauer wissen?", entgegnete ich ihr.

„Genau so ist es", kam von ihr zurück.

Ich konnte mit meiner Vermutung nicht mehr ausweichen, weil ich ahnte, worauf sie hinauswollte und was sie im Grunde genommen mit dem Gespann gemeint hatte. Ich sagte ganz unverblümt zu ihr: „Also, daß wir ein gutes Gespann hier an dem Wägelchen abgeben, das dürfte wohl zweifelsfrei stimmen, aber, aber, davon auszugehen, daß wir auch ein gutes Gespann in einem gemeinsamen Leben abgeben würden, das dürfte sehr fraglich sein. Und wie ich im Augenblick mit meinem aufgequollenen Mondgesicht und dem qualligen Ödem meiner wässerigen Hände und auch noch der kurzen Russenhaarfrisur aussehe, könnten wir allein optisch gesehen kein ideales Paar sein – obwohl das zum Glück alles vergängliche Dinge sind."

Jetzt unterbrach mich Vera entschlossen und ziemlich ärgerlich: „Nun rede doch um Gotteswillen nicht so einen Blödsinn. Was ich wissen wollte ist, ob du dir vorstellen könntest, von jetzt an, also von heute an, drei lange Jahre auf ein Mädchen zu warten, ohne die Gewißheit zu haben, daß du es auch heiraten kannst?"

Ich schaute Vera irritiert an. Eine solche ziemlich durchsichtige Frage nach dem spaßigen Gespanngespräch von Vera gestellt zu bekommen, machte mich mehr als stutzig. Trotzdem konnte ich es mir nicht verbeißen, etwas begriffsstutzig zurückzufragen: „Das mußt du mir aber genauer erklären."

Sie war nicht einmal pikiert wegen meiner Frage und sagte, in dem sie mich mit ihren stahlgrauen Augen fest anschaute: „Du weißt ja, Leo, mein Verlobter, ist seit dem Sommer 1943 vermißt. Ich hoffe zwar immer noch, daß ich wenigstens ein Lebenszeichen von ihm erhalte und er auch heimkehren kann. Aber der Fall gesetzt, er meldet sich in den nächsten drei Jahren immer noch nicht, dann muß ich doch annehmen, daß er nicht mehr lebt."

Sie schaute mich noch einen Moment an und senkte dann ihren Blick mit tränenden Augen vor sich ab. Es dauerte etwas, ehe sie mich wieder ansah: „Glaube nicht, daß ich dich als einen Ersatzmann für meinen Leo haben möchte. Ich habe dich einfach in den wenigen Tagen, in denen wir uns kennen, so liebgewonnen, daß ich mir vorstellen könnte, daß du eines Tages mehr als nur ein Freund für mich sein könntest."

Ich muß sie nach diesen Worten bestimmt etwas verdattert angeschaut haben, nicht etwa, weil sie mich damit in eine peinliche Verlegenheit gebracht hätte, nein – im Gegenteil, ich empfand schon eine starke Sympathie für sie.

Doch Vera beeilte sich jetzt, mit gesenktem Blick und leiser Stimme zu mir zu sagen: „Baddy, bitte entschuldige, wenn du dich von mir übertölpelt fühlen solltest, das war nicht meine Absicht, und ich sprach auch nicht aus Berechnung. Bitte verstehe mich darum nicht falsch. Ich liebe meinen Leo und werde so lange ich hoffen kann, daß er noch lebt, mich als seine Verlobte sehen. Und wenn ich mich jetzt auch wiederhole: Es stimmt schon, daß ich dich in der kurzen Zeit echt liebgewonnen habe, aber das ändert gar nichts an der Liebe zu meinem Leo und an dem Vorsatz, auf ihn zu warten, bis, bis …"

Wieder versagte ihre Stimme, sie neigte sich zu mir herüber und weinte an meiner Schulter leise vor sich hin.

Einige Minuten werden wir noch schweigend so nahe beieinander gestanden haben, ehe Vera mit ein wenig stikkiger Stimme zu mir sagte: „Komm Baddy, laß uns weitergehen."

Während sie ihre Augen abtrocknete, fügte sie etwas gequält lächelnd hinzu: „Sonst bekommen die Bäume hier im Wald noch Mitleid mit uns."

Ein ganzes Stück Weges gingen wir dann schweigend nebeneinander, nur die vier eisenbereiften Rädchen des kleinen Handwagens knirschten und krächzten über die raue Straßendecke und störten dabei die uns umgebende Stille. Nach einer Weile unseres schweigsamen Dahinziehens gestand ich Vera: „Deine Frage, ob ich mir vorstellen könnte, von jetzt an drei Jahre auf ein Mädchen zu warten, ohne danach die Gewißheit zu haben, dieses Mädchen auch heiraten zu können, kann ich dir mit einem ganz klaren Ja beantworten, erst recht weil das Mädchen, das damit gemeint ist, neben mir geht."

Vera blieb ruckartig stehen – zwangsläufig auch ich, schließlich diktierte die Deichsel des Handwägelchens uns das gleiche Schritt-Tempo auf. Und während sie mich anschaute, sagte mir ihr Blick, daß sie sich freute. Ihre eben noch verweint klingende Stimme brachte jetzt klar heraus: „Kannst du dir nun auch vorstellen, daß wir, nachdem wir uns so deutlich ausgesprochen haben, uns mit ganz anderen Gefühlen betrachten? Ganz anders als bisher, als wir uns wirklich nur als gute Freunde sahen oder, besser gesagt, als Zufallsfreunde fühlten?"

Diese Worte beeindruckten mich besonders, weil Vera damit das zukünftige Verhältnis zwischen uns darzustellen sich bemühte.

Trotzdem konnte ich es mir nicht verbeißen, Vera etwas

lakonisch zu fragen: „Wie kann man denn nun unsere gefühlsmäßig aufgebesserte Freundschaft ehrlicherweise überhaupt nennen? Etwa ein Wartestandsverhältnis?"

„Nein, nein, wie kommst du bloß auf eine so komische Titulierung, die gefällt mir ganz und gar nicht!", reagierte Vera sofort.

Ich bat sie für meine unpassende Wortwahl um Entschuldigung und war erfreut darüber, wie die in ihrem Gesicht stehende Betroffenheit sich verflüchtigte. Für den Rest des Weges bemühte ich mich, unsere Unterhaltung auf etwas anderes hinzulenken, was mir aber nicht ganz gelang. Ich erklärte ihr nämlich, daß ich es als eine Tragik und gleichzeitig als eine sonderbare Fügung des Lebens empfand, wenn man, so wie ich, nach einem nahestehenden Menschen verzweifelt sucht, ihn aber nicht findet. Statt dessen tritt jetzt ein anderer Mensch in mein Leben. Doch die zweite Tragik ist, daß wir uns dagegen wehren müssen, aus einer starken Sympathie mehr als nur eine tiefe Freundschaft erwachsen zu lassen.

Ich wunderte mich, daß Vera, statt mir zu antworten, ein kleines Stück Weges schweigend neben mir herging, um dann lächelnd zu antworten: „Wie du das alles so um drei Ecken herum gesagt hast! Aber ich habe dich trotzdem verstanden. Und eines sollst du auch wissen, ich bitte dich sogar ehrlich darum: Nimm das mit den drei Jahren Warten nicht so auf, daß du nun kein anderes Mädchen mehr anschauen darfst. Es soll wirklich nur eine liebe Freundschaft sein, die zwischen uns besteht, bei der wir uns einig geworden sind, drei Jahre aufeinander zu warten. Sonst brauchst du dir keinen Zwang anzutun." Sie fügte lächelnd hinzu: „Es wird dir schon kein anderes Mädchen etwas abgucken. Du hast in den letzten Jahren auf soviel Lebensfreude und Glücklichsein verzichten müssen. Ich meine damit die Zwischenmenschlichkeit und all das, wonach man sich besonders als Jugendlicher sehnt."

„Nun halt mal ein, liebe Vera", gab ich zurück, „was Verzichten anbelangt, mußtest auch du ganz bestimmt erfahren, wie bitter unerfüllbare Wünsche und Bedürfnisse sein können."

Mittlerweile hatten wir auch die letzte Steigung unseres Heimweges geschafft. Es war bereits Mittagszeit, weshalb das Dorf wie ausgestorben schien. Während wir meinem Elternhaus entgegengingen, fühlte ich mich ganz anders als tags zuvor. Unsere Aussprache hatte auf einen Schlag mein Empfinden Vera gegenüber völlig verändert. War es nicht eine andere Vera, die gestern neben mir ging? Aus der netten Zufallsbekanntschaft wurde innerhalb weniger Stunden viel mehr als eine Freundschaft. Eine Freundschaft, die durch ein gegenseitiges Versprechen plötzlich eine ganz besondere Bedeutung erlangt hatte. Das waren damals meine Gedanken. Ob Vera vielleicht auch Ähnliches dachte?

Mein Vater stand auf der Haustürtreppe und rief uns uzend zu: „Ihr zieht ja nicht schlecht für euer Alter, man könnte meinen, ihr hättet das schon öfter gemacht. Aber nun kommt herein, dem Koch wird das Essen sonst kalt."

So saßen wir Minuten später an dem von meiner Mutter gedeckten Tisch und ließen es uns gut schmecken. Meine Mutter hatte sich zudem bemüht, unserem Gast besonders gut mit ihrer Kochkunst zu imponieren.

Nach dem Essen drängte Vera darauf zu erfahren, wie wir es wohl anstellen würden, Lederjacke, Pullover und Kostümkleid gegen Butter und Speck einzutauschen. Um falschen Spekulationen in Heyroth selbst vorzubeugen, gedachte ich bei meiner um etliche Kilometer entfernten Verwandtschaft die Sachen zum Tausch anzubieten. Vielleicht konnte dort auch vermittelt werden. Da wir wohl kaum zu Fuß so weit laufen wollten, fuhren wir beide mit dem Fahrrad. Vera hatte ihre Packtasche mit den Tauschobjekten auf dem Gepäckträger ihres Fahrrades festgebunden.

Wegen meiner Schwächeanfälle, die sie schon einige Male miterlebt hatte, wollte sie mein Fahrrad nicht auch noch mit ihrer Packtasche beschweren. Aber mein Gedanke, bei meiner entfernten Verwandtschaft den Tausch zu versuchen, war goldrichtig gewesen. Zuerst freute man sich dort, mich nach vielen Jahren einigermaßen heil, wenn auch ein wenig aufgedunsen, wiederzusehen. Natürlich mußte ich erzählen, wie es mir ergangen war. Auch Vera wurde etwas neugierig beäugt. Obwohl ich sie als eine Bekannte aus Köln vorgestellt hatte, glaubte ich aus den Blicken meiner Verwandten herauszulesen, daß man doch etwas mehr hinter der Bekanntschaft aus Köln vermutete. Als ich nach einer Weile verstohlen zur Uhr sah, erschrak ich ein wenig. Es war spät geworden. Und wir hatten noch kein einziges Teil getauscht. Ich ließ mir von Vera ihre Packtasche geben, nahm die Sachen heraus und legte sie auf den Tisch. Als meine Tante die Lederjacke sah, meinte sie: „Oh, ich weiß, wer darauf schon lange scharf ist." Sie packte die Jacke unter ihren Arm und verschwand zur Wohnzimmertür hinaus, um wenige Minuten später nochmals durch die halb offen stehende Tür nachzufragen: „Wieviel Butter soll die Jacke denn kosten?"

Vera überlegte und brachte zögernd heraus: „Ich weiß nicht so recht, drei Pfund, wird man die dafür bekommen?"

„Darf auch ein Teil davon aus geräuchertem Speck bestehen?", fragte meine Tante zurück.

Ohne lange zu überlegen erklärte sich Vera damit einverstanden. Eine knappe Stunde später kam meine Tante zurück. Ihre fröhliche Miene verriet mir sofort, daß sie eine Überraschung parat hatte. Sie blickte Vera freudig an: „Unser Nachbar wurde ganz versessen auf die Lederjacke, die ihm zudem auch noch wie angegossen paßte. Er war sofort bereit, drei Pfund Butter dafür zu geben und auch noch ein Stück Speck von über zwei Pfund. Nur hat die Sache einen kleinen Haken. Ein Pfund Butter und den Speck hat er mir sofort mitgegeben. Die restlichen zwei Pfund Butter könnte er aber erst in zwei Tagen besorgen. Aber er versprach mir, die restliche Butter selbst nach Heyroth zu bringen."

Meine Tante sah Vera fragend an und fuhr fort: „Sie dürfen dem Wort unseres Nachbarn ruhig glauben. Was die anderen Sachen anbelangt, so mache ich Ihnen den Vorschlag, daß ich sie auch noch versuche einzutauschen und gebe dann unserem Nachbarn die Butter oder den Speck mit. Sie sagen mir, was Sie gerne dafür haben möchten."

Jetzt aber war Vera unschlüssig, was sie für Kostüm und Pullover verlangen könnte, und gab meiner Tante zur Antwort: „Versuchen Sie doch bitte, die Sachen zu tauschen. Ich bin schon mit dem einverstanden, was Sie dafür ergattern."

So saßen wir noch eine Weile gemütlich zusammen und hatten so manches zu erzählen. Und ehe wir es im Eifer unseres Erzählens mitbekommen hatten, sahen wir uns am gedeckten Kaffeetisch. Doch allzu lange hielten wir nicht mehr meine Verwandten auf. Es war nicht mehr lange hin bis zur Dämmerung, und nur eines unserer Fahrräder hatte Dynamolicht. Bis wir die fast zwanzig Kilometer zurück nach Heyroth abgestrampelt hätten, würde es Abend gewesen sein. Wir verabschiedeten uns recht herzlich und schwangen uns auf unsere Räder. Den größten Teil unserer Heimfahrt konnten wir in die Pedale tretend bewältigen. Nur etwa zwei Kilometer blieben uns zum Fahrrad schieben. Am Ende spürte ich deutlich, daß es heute für mich zu viel des Guten gewesen war und mein Körper mir wieder einmal die Grenzen meiner Belastbarkeit aufgezeigt hatte.

Diesmal blieben wir nach dem Abendessen nicht mehr länger am Tisch sitzen, weil mir bereits mehrere Male die Augen zugefallen waren. Natürlich ärgerte mich das. Denn welcher junge Mann macht gerne schlapp, wenn seine

Freundin noch keine Spur Konditionsschwäche erkennen läßt. Als mich Vera dann auch noch erstaunt anschaute, während ich um Entschuldigung bat, schon so früh zu Bett zu gehen, da glaubte ich erst recht, mir vor Vera eine Blöße gegeben zu haben. Ob Vera dann mit meinen Eltern noch etwas geplaudert hat, weiß ich nicht. Ich weiß nur noch, daß ich die Nacht wie ein Murmeltier geschlafen habe. Und daß ich bereits eine halbe Stunde vor Vera aus den Federn war. Und, was ich sonst noch nie gemacht hatte, ich kochte Kaffee und deckte den Frühstückstisch. Wahrscheinlich beabsichtigte ich damit, mein Verhalten vom Abend zuvor etwas wettzumachen – auch wenn ich dies vor mir selbst nicht zugeben wollte.

Während des Frühstücks fragte Vera ganz unvermittelt: „Was machen wir denn jetzt, lieber Baddy? Du weißt ja, eigentlich sollten wir heute wieder nach Köln zurückfahren."

Vera hätte mich nicht daran erinnern müssen. Wenn ich ganz ehrlich zu mir sein sollte, war ich sehr froh, daß sich die Rückfahrt nach Köln wegen des Tauschgeschäftes zwangsläufig um zwei Tage verzögerte. Natürlich wollte ich das vor Vera nicht zeigen. Darum sagte ich etwas spaßig zu ihr: „Ja, liebe Vera, das ist nun einmal so. Ich kann doch nicht gut von dir verlangen, daß du das Pfund Butter und das Stück Speck irgendwo am Körper versteckst und dann allein nach Köln zurückfährst, während ich zwei Tage später nachkomme und mit der doppelten Menge Fett und Butter die Kontrolleure an der Nase herumführe."

„Das hast du schön gesagt", lächelte Vera. „Und zu deiner Beruhigung: Ich bleibe sehr gerne noch zwei Tage länger bei dir hier in Heyroth."

Als das „bei dir" über ihre Lippen ging, blinzelte sie schelmisch zu mir herüber. Wahrscheinlich glaubte sie sich dabei ertappt, etwas von unserem Geheimnis angedeutet zu haben. Aber dann gab sie unserem Gespräch eine Wendung, und zu mir hingewandt fragte sie: „Was machen wir denn heute den ganzen Tag, wo sich das mit dem Tauschen doch ganz anders geregelt hat?"

Nach kurzem Überlegen fragte ich sie, ob sie vielleicht Lust darauf hätte, eine Wanderung zu machen, um sich von mir unsere Gegend zeigen zu lassen. Sie war sofort mit meinem Vorschlag einverstanden und drängte darauf, gleich loszugehen.

Wir waren gewiß schon eine Viertelstunde unterwegs und hatten beide noch nicht viel miteinander gesprochen. Ungewöhnlich für Vera, die zwar nicht gerne einfach so darauf los plapperte, dafür aber ein unterhaltsames Gespräch liebte. Jetzt blieb Vera unvermittelt stehen, drehte sich einmal um sich selbst und atmete dabei so kräftig ein und aus, als wollte sie eine Reserve an frischer Luft anlegen.

„Was für eine herrlich unzerstörte Natur, und die so erfrischende Luft!", rief sie mit gedämpfter Stimme aus.

Während wir langsam auf dem schmalen Waldweg weiterspazierten, blieb Vera weiterhin schweigsam und wirkte nachdenklich auf mich. Mittlerweile wechselte der nicht so dichte Hainbuchenwald zu einem Fichtenwald über, der im vergangenen Jahr wohl ausgedünnt worden war. Eine von Rotfäule befallene Fichte hatte man einige Meter vom Stockende gesund geschnitten und den kranken Abschnitt längs des Waldweges liegen lassen. Vera ging auf das nun wertlos gewordene Stück Stamm zu und setzte sich darauf mit den einladenden Worten: „Fast wie eine Bank, komm laß uns eine Pause machen."

So saßen wir wieder einmal einige Minuten schweigend nebeneinander. Bis Vera ganz unvermittelt mich fragte: „Bist du gläubig? Ich weiß zwar, daß du katholisch bist, aber wenn ich von mir ausgehe, so haben sich in meinem seit frühester Jugend gelebten Glauben mittlerweile Zweifel eingenistet. Natürlich trugen die Geschehnisse der letzten zehn Jahre dazu bei. Wie kann es denn einen Gott geben, der seine Schöpfung auf solch verheerende Weise zerstören läßt?"

Vera schwieg. Wollte sie mir Zeit lassen, ihr die mir unverhofft gestellte Frage zu beantworten? Sie konnte ja nicht ahnen, daß auch ich mit dem Glauben eine schwierige Zeit gehabt hatte.

„Ich kann deine Glaubenszweifel verstehen", antwortete ich. „Auch ich hatte meine Glaubenskrise. Zwar nicht durch schreckliche, unbegreifliche Erlebnisse während des Krieges ausgelöst, sondern durch einen Religionsunterricht."

Vera schaute mich erstaunt und sichtbar ungläubig an, und aus ihrem Mund kam nur ein verblüfftes „Wieso, warum? Da mußt du aber noch sehr jung gewesen sein!"

Ich nickte zustimmend, und weil sie mich noch immer mit fragendem Blick anschaute, begann ich ihr alles zu erzählen. Der besagte Religionsunterricht war sogar der letzte Unterricht im letzten Schuljahr als vierzehnjähriger Schüler. Damals sagte unser Religionslehrer ganz unmißverständlich: „Die christliche Religion lehrt den einzig wahren Glauben." Und er fügte weiter hinzu: „Ein Mensch ohne diesen christlichen Glauben kann nicht selig werden."

An diese beiden Sätze mußte ich immer wieder denken. Sie ließen mich einfach nicht los, schlichtweg deswegen, weil es für mich auch unbegreiflich erschien, daß Jesus verkündet haben soll: Nur wer an mich glaubt, wird leben in Ewigkeit. Das alles machte mich sehr nachdenklich. Schließlich war mir auch bekannt, daß der größte Teil der Bevölkerung unserer Erde nicht christlich war. Die meisten wußten nicht einmal etwas vom Christentum. Was stand nun all den vielen unwissenden und andersgläubigen Menschen nach ihrem Tod im Gegensatz zu uns Christen bevor? Gab es für sie dann kein ewiges Leben? Ich war im höchsten

Maße irritiert, was mein bisher gelebter Glauben anging, doch ich kämpfte immer stärker gegen die Zweifel an und glaubte sie auch schon besiegt zu haben. Dann nahm ich als sechzehnjähriger Hitlerjunge an einem sogenannten Weltanschauungslehrgang in Marienthal an der Ahr teil. Allerdings wäre die Bezeichnung „antireligiöse Aufklärung" treffender gewesen. Denn nach diesem Lehrgang brachen meine alten Zweifel wieder auf, nur mit dem Unterschied, daß es nicht mehr nur Zweifel waren und blieben, sondern daß ich jetzt nichts mehr für meinen bisherigen Glauben empfinden konnte. Dieser von Gott entfernte Zustand dauerte an, bis ich Lia kennenlernte, eben diese junge Frau, die einmal meine Freundin war, und um die zu suchen ich nach Köln gefahren war. Lia brachte mich wieder dazu, meine kleinen grauen Zellen nicht verkümmern zu lassen und mich weniger durch das nationalsozialistische Gedankengut beirren zu lassen. Und nicht zuletzt sollte ich mich selbst als eine göttliche Schöpfung erkennen und nicht, wie im Marienthaler Lehrgang behauptet, als ein Wirbelfisch, der vor Millionen von Jahren das Meer verließ und sich in mehreren Phasen zum Menschen entwickelte.

Da ich mir dann die Worte meiner Freundin Lia zu Herzen genommen hatte, sah ich bald auch wieder im Übernatürlichen der Göttlichkeit die Wahrheit meines wiedergefundenen Glaubens. Nur eines würde sich an meinem Glauben trotzdem nicht verändern, nämlich daß ein Gott nicht nur für eine Minderheit der Menschheit existiert, sondern – wenn es stimmt, daß Gott die Menschen nach seinem Ebenbild erschaffen hat – dann sind es auch alle Menschen, für die es ein Leben nach dem Tod gibt. Ich fragte mich aber, wie es mit den wirklich schlechten und absolut ungläubigen Menschen sein würde. Wie konnte bei diesen ein Leben nach dem Tod aussehen?

„Ach je, du redest vom Leben nach dem Tod", brachte

sich Vera ein. „Ich habe früher, als ich fest an Gott glaubte, immer wieder mal mich gefragt: Wohin geht eigentlich die Seele eines Menschen, wenn sein Leben ausgehaucht ist? Wo ist der sogenannte Himmel, wo die Hölle, wo das Fegefeuer? Das Weltall ist unendlich. Wenn man davon spricht, redet man nur noch in Lichtjahren. Wenn oben der Himmel ist, wie uns in früher Kindheit gesagt wurde, dann muß man doch von der Unendlichkeit ausgehen. Und so frage ich mich: Wenn es stimmt, daß die Seele nach dem Tod den Körper des Menschen verläßt, wo und wie und wann erreicht sie dann den Ort des ewigen Lebens?"

Vera hielt einen Moment inne und fuhr dann seufzend fort: „War der Krieg nicht schlimm genug, muß man nun auch noch deswegen zu einem Menschen mit innerer Leere werden? Denn genau so fühle ich mich nicht nur jetzt, sondern seitdem ich voller Verzweiflung zu mir gesagt habe: ‚Es ist doch alles sinnlos, weil es doch keinen Gott gibt.'"

Ich konnte Veras innerlichen Zwiespalt gut nachempfinden, auch wenn es einige Jahre her war, als ich mich in ähnlicher Situation befunden hatte. Mit leiser Stimme schloß sie ab: „Wenn ich daran denke, daß nach dem Tod alles aus sein könnte, und von mir in alle Ewigkeit nichts mehr bleibt, so als hätte es mich nie gegeben – dieses elende Gefühl ist für mich unbeschreiblich."

Vera schwieg, als wäre sie bei der Aufarbeitung ihrer Fragen in eine gedankliche Sackgasse geraten, ohne einen Ausweg aus dieser zu finden. Sie rückte an mich heran und legte ihren Kopf an meine Schulter. So verharrten wir schweigend einige Minuten lang nebeneinander. Und es war nicht nur die romantische Aussicht aus dem herbstlich bunt gefärbten Wald in die sich dahinter anschließende auflebend gelockerte Eifellandschaft, die eine Augenweide für mich war. Es war schon etwas mehr, etwas anderes, was Veras Blick mir zu verraten schien. Und in diesem Moment meinte ich, ich müßte sie umarmen und herzlich küssen, aber dann verspürte ich doch eine gewisse Hemmung hierfür. Schließlich könnte Vera es für eine Schwäche bei unserer gemeinsamen Abmachung halten. Statt dessen gestand ich Vera jetzt mehr keck als verschämt: „Ich habe nicht den Mut, dir zu sagen, was ich jetzt am liebsten täte, weil ich befürchte, du würdest mir dies übelnehmen."

„Wozu hast du keinen Mut und was soll ich dir übelnehmen?", fragte sie mit ernsthaftem Blick. „Was denn nun?", setzte sie nach.

„Mich drängt es schlichtweg dazu, dich in den Arm zu nehmen und zu küssen", offenbarte ich.

Vera blickte mich nicht einmal sonderlich verdutzt an und erwiderte: „Und nun glaubst du, wenn wir beide uns ein wenig mögen und ganz harmlos miteinander schmusen, dann käme das einer Untreue gegenüber meinem Leo gleich? Ich glaube, das ist gar nicht so. Es kommt auf das ‚Wie' an, auf das wie wir uns gegenseitig respektieren und was wir unterlassen, damit wir uns gegenseitig nichts vorzuwerfen haben, wenn wir uns mit harmloser Zärtlichkeit etwas erfreuen. Stell dir vor, seit Leos letztem Urlaub 1942 hat mir nicht einmal ein anderer Mann über das Haar gestrichen. Du kannst dir denken, was das für ein junges Mädchen bedeutet. Das sind sechs lange Jahre, sechs Jahre ohne nicht einmal einen Kuß. Und jetzt kommst du urplötzlich in mein Leben, und es ergibt sich das, was man eine liebe Freundschaft nennt, eine Freundschaft, bei der man zu glauben weiß, daß sie der Liebe zu einem bestimmten Mann keinesfalls schaden wird."

Als Vera sich das alles von der Seele gesprochen hatte, wußte ich, wie es um sie und mich stand, was ich durfte und was nicht. Ich nahm sie zärtlich in den Arm, und in der folgenden halben oder auch dreiviertel Stunde holten wir so manche Streichel- und Kuscheleinheiten nach, die uns beiden in den letzten Jahren einfach vorenthalten worden waren. Und wir brauchten uns keine Schwäche vorzuwerfen, bei der wir uns hätten sagen müssen, zu weit gegangen zu sein.

Als wir uns dann doch endlich dazu entschlossen, von dem Baumstamm aufzustehen, der uns als eine nicht besonders bequeme Bank gedient hatte, und plaudernd den Heimweg antraten, kam Vera auf Erika zu sprechen: „Du hast doch, nachdem diese Lia nur noch eine lose Freundschaft wollte, die Erika aus Öhningen kennengelernt und dich mit ihr verlobt. Warum ist dir denn die Lia wichtiger als deine Verlobte Erika, und warum suchst du nur nach der Lia?"

Diese Frage hatte ich zwar nicht erwartet, aber die Antwort darauf fiel mir trotzdem nicht schwer. So erzählte ich ihr ohne Umschweife, wie sich alles ergeben hatte, warum ich Erika nicht aufzusuchen brauchte und warum mir so viel daran lag, Lia wiederzufinden. Weil ich nicht erwartete, daß Vera Erikas Entscheidung nach dem Krieg verstehen würde, glaubte ich Erikas Verhalten gewissermaßen entschuldigen zu müssen. Ich verschwieg ihr daher auch nicht Erikas Versprechen an ihre Mutter, nicht weit von ihr fortzuziehen. So waren wohl die über fünfhundert Kilometer zwischen Bodensee und Eifel der Grund für Erikas Entscheidung gegen mich gewesen. Nur weil ich mich in Erikas Lage hineinzuversetzen glaubte, vermochte ich ihr zu verzeihen.

„So, und nun weißt du auch das", schloß ich mit der Beantwortung Veras Frage ab. Und ohne eine Reaktion von Vera abzuwarten, fuhr ich fort: „Du hast mir gesagt, daß du dir vorstellen könntest – wenn es sich herausstellen sollte, daß dein Leo nicht mehr lebt – zu mir hier auf das Land zu ziehen. Hast du denn auch an meinen Beruf als Landwirt gedacht, den ich doch wahrscheinlich hier in der Eifel auf dem kleinen Hof meiner Eltern ausüben werde?"

Ich spürte einen leichten, zurückhaltenden Druck an meinem rechten Arm, in dem sich Vera mit dem ihren eingehakt hatte. Sie blieb stehen und drehte sich kopfschüttelnd zu mir hin: „Aber Baddy, was glaubst du denn jetzt? Als ich das zu dir gesagt habe, habe ich keine Sekunde an deinen Beruf als Landwirt gedacht. Und auch nicht daran, was dieser für mich bedeuten würde, ja noch nicht mal ist es mir in den Sinn gekommen, was eine solche Umstellung für ein Stadtmädchen bedeuten muß. Ich bin einfach davon ausgegangen, daß nicht nur meine persönliche Einschätzung dir gegenüber, sondern auch die Sympathie, die ich für dich empfinde, ausreichen könnte, eine gemeinsame Zukunft anzustreben!"

Und als Vera nach ihren eindeutigen Worten so vor mir stand, der Blick ihrer stahlgrauen Augen mir signalisierte, daß sie die Wahrheit sprach, konnte ich es trotzdem nicht unterlassen, diesmal etwas neckisch zu fragen: „Hast du etwa daran gedacht, daß es eine Selbstverständlichkeit für eine Bauersfrau in der Eifel ist, daß sie Kühe melken kann, in der Heu- und Getreideernte hilft und im Herbst beim Kartoffeln- und Rübenausmachen dabei ist? Diese Arbeiten werden meistens ohne Maschinen ausgeführt. Und jetzt, liebe Vera, glaubst du jetzt nicht doch ein bißchen anders über uns beide nachdenken zu müssen?"

Ihre Antwort kam prompt und sogar in einem etwas ärgerlich gefärbten Ton: „Wo denkst du eigentlich hin? Du glaubst doch nicht etwa, ich sei ein verweichlichtes Ding. Ich habe zwar von dem, wovon du mir gerade eindringlich vorgeschwärmt hast, noch keine Ahnung, aber trotzdem auch keine Angst, es nicht lernen zu können. Außerdem ist man schließlich als Floristin an schmutzige Hände und Fingernägel gewöhnt. Ich habe immer meine Freude daran gehabt, etwas in die Erde einzupflanzen oder zu säen und dann wachsen zu sehen."

Sie unterbrach sich jetzt selbst und blickte mich schelmisch an: „Und nun weißt du auch das! Gibt es noch was anderes, was du noch gerne wissen möchtest?"

„So deutlich wollte ich es wiederum nicht von dir wissen", lachte sie. „Aber ich bin erstaunt über deine Ernsthaftigkeit."

„Nun, wo ich mich bemüht habe, zu dir aufrichtig zu sein", hakte Vera nach, „müßtest du mir auch eine Frage ebenso aufrichtig beantworten: Ist bei all den schlimmen Erlebnissen, die du in den letzten zehn Jahren hattest, auch etwas außergewöhnlich Schönes und besonders Aufregendes dabei gewesen?"

Ich mußte einen Moment überlegen. Wann hatte ich nun wirklich etwas außergewöhnlich Aufregendes erlebt? War es vor dem Krieg, war es damals 1937 in Sinnersdorf nach der Filmvorführung in Stommeln? Oder war es Weihnachten im selben Jahr im Augustinerinnen-Krankenhaus in Köln? Aber dann fiel mir noch ein viel schöneres und aufregenderes Erlebnis ein, daß ich im Frühjahr 1942 gehabt hatte, einige Wochen nach meiner Verwundung vor Leningrad.

„Mir ist etwas eingefallen, aber damit du es richtig verstehen kannst, muß ich mich etliche Jahre zurückerinnern und es dir in zwei Episoden erzählen", erklärte ich Vera.

Es war im Herbst 1937, ganz am Anfang der Bekanntschaft mit Lia. Damals sagte Lia zu mir, noch habe sie die Unschuld und werde sie auch so lange behalten, bis daß sie sich bei einem Mann ziemlich sicher sei, daß er der Partner für ihr Leben sei. Lias Einstellung hatte ich mir zu Herzen genommen. In den folgenden fünf Jahren haben wir, wenn es uns für einige Tage oder Wochen vergönnt war, überaus schöne und unvergeßliche Stunden erlebt. Und ich erinnere mich an meine Lazarettzeit in Menden. Die vier verwundeten Kameraden auf meinem Zimmer redeten fast den ganzen

Tag nur über ihr Thema Nummer 1: Frauen. Und weil ich ihnen gesagt hatte, noch nie mit einem Mädchen geschlafen zu haben, hatten sie mich ausgelacht und mich nicht ernst genommen. Ihre Spötteleien hörte ich mir bis zu ihrer Entlassung in die Genesungskompanie an. Ich verabschiedete sie ironisch mit dem Ratschlag, vor ihrer Abstellung an die Front noch genug Spaß auf ihre Art hier in Deutschland zu haben, denn in Rußland sähe es damit sehr schlecht aus.

Meine Entlassung aus dem Lazarett war zwei Wochen später. Ich hatte gerade wieder mein Soldbuch mit dem Neueintrag und dem Verwundungsbefund für mein Ersatztruppenteil in Empfang genommen, um mich zum Ausgang zu begeben, als ich Lia den Eingang passieren sah. Ich blieb wie entgeistert stehen, wußte nicht, ob ich meinen Augen trauen sollte. Das konnte doch nicht Lia sein, denn man hatte mir doch vorgestern bei meinem Telefongespräch mit Remscheid gesagt, sie sei in ein Feldlazarett in der Ukraine versetzt worden. Und doch war es Lia, die mir nun entgegen kam. Ich konnte sie kaum so schnell mit meinen Augen erfassen, wie sie mit ausgebreiteten Armen auf mich zugestürzt kam, mir mit einem Jauchzer um den Hals fiel und sich gar nicht mehr von mir lösen wollte. Als sie danach mit strahlenden Augen und froh lachend vor mir stand, konnte ich sie endlich fragen, wieso sie denn jetzt bei mir in Menden sein könne, wo sie doch in die Ukraine versetzt worden sei. „Das stimmt sogar alles", erklärte sie mir. „Nur hat man sicher vergessen, dir zu sagen, daß ich zuerst meinen Urlaub nehmen würde. Und als ich gestern nochmals von zu Hause aus im Krankenhaus in Remscheid anrief, informierte man mich über deinen Anruf aus Menden. Du kannst dir jetzt denken, wie schnell ich mich entschlossen habe, zu dir zu kommen. Und nun bin ich hier, und wie du siehst, keinen Augenblick zu früh!"

Sie warf einen Blick auf meinen mit Marschverpflegung

gefüllten Brotbeutel und den mit Zahnpasta weiß getarnten Stahlhelm an meinem Koppel. Brotbeutel und Stahlhelm waren die einzigen Gegenstände, die ich nach meiner Verwundung noch hatte mitnehmen können.

„Und nun, was nun?", fragte ich Lia, als wir beide doch feststellten, daß wir nicht noch länger vor dem Lazarett wie zusammengeklebt stehenbleiben konnten.

„Kein Problem", meinte sie lachend. „Schließlich wohnt die Schwester meiner Mutter hier in Menden, und bei der werden wir bestimmt bis morgen unterkommen."

„Eigentlich muß ich laut Befehl mich sofort zur Ersatzkompanie nach Luxemburg begeben", sagte ich nachdenklich zu Lia. Und deren Reaktion war ebenso nachdenklich wie im Augenblick die meinige. Dann meinte sie: „Warte mal, ich hab's, wir gehen einfach noch mal zurück auf das Lazarettbüro, und dann läßt du mich mal dort gewähren."

Wir betraten also wieder das Lazarett und gingen direkt zu dem Raum, in dem meine Entlassungspapiere ausgestellt worden waren. Lia hatte nicht die geringste Hemmung, unser Problem zu lösen, was durch ihren kurzfristigen Besuch bei mir aufgetreten war. Sie verschwieg nicht ihre Situation, daß sie in den nächsten Tagen als Rotkreuzschwester in einem Feldlazarett in der Ukraine ihren Dienst anzutreten hatte. Dann bat sie höflich darum, anstatt mich sofort zur Ersatz- und Genesungskompanie zu schicken, mir nur einen einzigen Tag Lazaretturlaub zu gewähren, damit sie mit mir bei ihren Verwandten hier in Menden einen Verabschiedungsbesuch machen könnte. Lias couragiertes Auftreten zwang sogar dem gerade zufällig anwesenden Lazarettarzt ein verständnisvolles Lächeln auf.

Keine zehn Minuten später schlug ich meine Hacken zusammen, und mit der Hand am Käppi grüßend verließen Lia und ich das Büro, nicht ohne vorher den zusammengefalteten 24-Stunden-Urlaubsschein ins Soldbuch gelegt zu haben. Jetzt wollten wir keine Zeit mehr verlieren und suchten sofort Lias Tante auf. Nachdem man sich dort umarmt und die Wangen abgeküßt hatte, stellte Lia mich als ihren langjährigen Freund vor. Die Tante reichte mir besonders einladend ihre Hand zum Gruß und taxierte mich, wie ich glaubte, in Sekundenbruchteilen ab.

Lia und ich verbrachten den Nachmittag bei der Tante, die unsere Gesellschaft bestimmt noch ein paar Tage länger gewünscht hätte, nicht zuletzt deshalb, um ihre fast grenzenlose und doch einfühlsame Neugier zu befriedigen. Auch am Abend saßen wir noch lange erzählend beisammen. Als wir uns dann alle zu sehr später Stunde entschlossen, zu Bett zu gehen, zeigte die Tante jedem von uns beiden unsere Zimmer. Es war undenkbar, daß wir ein gemeinsames Zimmer angeboten bekämen, und ich kannte ja auch Lias Einstellung.

Die Tante hatte uns nun auch eine gute Nacht gewünscht und war zu Bett gegangen. Ich stand mit Lia in der Schlafzimmertüre, gab ihr noch einen Gutenachtkuß und hatte mich schon umgedreht, um auf mein Zimmer zu gehen. Dann spürte ich, wie sie mich am Ärmel festhielt, sich zu mir hinwandte und etwas verlegen mit leisen Worten bat: „Komm Baddy, bleib doch die Nacht bei mir." Gleichzeitig zog sie mich ohne meine Reaktion abzuwarten in ihr Zimmer hinein. Die drückte die Schlafzimmertür zu und mit noch leiserer Stimme als vorher sprach sie: „Glaub mir Baddy, ich habe lange genug gewartet, ich bin mir jetzt ganz sicher mit dir."

Diese Nacht wurde zu einem ganz einmaligen Erlebnis für Lia wie auch für mich. Lia war zweiundzwanzig Jahre alt, und es war für sie das erste Mal. Wir haben nicht viel in dieser Nacht geschlafen, waren aber um so glücklicher.

Das hatte die Tante uns wohl morgens am Frühstückstisch angesehen. Bei ihrer Neugierde hatte sie auch ganz bestimmt mitbekommen, daß Lia und ich die Nacht gemeinsam verbracht hatten und doch dazu verständnisvoll geschwiegen.

Als wir dann in den frühen Mittagsstunden uns von ihr verabschiedeten, hatte sie Tränen in den Augen. Vielleicht war sie auch ein bißchen froh darüber, daß sie uns beiden, wenn auch nicht mit vorsätzlicher Absicht, die Möglichkeit gegeben hatte, etwas Unvergeßliches zu erleben. Und das zu einem Zeitpunkt, zu dem mit Sicherheit anzunehmen war, daß es für uns und für sehr lange Zeit kein persönliches, gemeinsames Glück mehr geben konnte.

Bis nach Köln hatten wir denselben Weg. Wir stiegen auf dem Hauptbahnhof aus. Lia, weil sie nach Hause mußte, um die Vorbereitungen für ihre Abreise in die Ukraine zu treffen. Und ich, weil ich in Richtung Luxemburg umsteigen mußte. So standen wir noch lange eng umschlungen mitten auf dem Bahnsteig. Und Lia weinte und weinte.

Ich war am Ende meiner Schilderung eines besonders schönen Erlebnisses angekommen.

Die Dächer der ersten Häuser von Heyroth lugten hinter einem kleinen Hügel hervor.

„Ich muß Lia und dich wirklich wegen eurer Standhaftigkeit bewundern", brach Vera ihr Schweigen. „Daß ihr nicht so oft und auch nicht für längere Zeit zusammen sein konntet, kann doch nicht der Grund dafür gewesen sein, daß ihr euch so eisern beherrscht habt ... Wenn ich da an Leo und mich denke – uns konnte es gar nicht schnell genug gehen, bis wir das Äußerste voneinander wußten und auch getan hatten. Nicht daß ich es bereuen würde, im Gegenteil, diese schönen Stunden kann uns niemand mehr nehmen. Und selbst wenn Leo nicht mehr heimkehren sollte, dann werden erst recht diese Glücksmomente mir unvergeßlich, gewiß mein ganzes Leben lang in meiner Erinnerung haften bleiben."

Mittlerweile waren wir zwischen den ersten Häusern von Heyroth eingeschwenkt. Und was mich jetzt überraschte: Vera hakte sich in meinen Arm ein und flüsterte mir lächelnd zu: „Sollen die Leute doch denken, was sie wollen!"

Zu Hause bei meinen Eltern war bereits die noch ausstehende Tauschware abgegeben worden. Vera freute sich. Vier Pfund Butter und vier Pfund Speck hatten die Lederjacke, das Kostümkleid und der Pullover eingebracht. Aber nun standen wir vor einem anderen Problem. Wie sollten wir diese Kostbarkeiten durch die Kontrolle am Grenzübergang der französisch-britischen Zone bekommen? Erst am Abend kam mir eine Idee. Ich dachte an das Fuhrgeschäft meines Onkels Peter. Wegen der Treibstoffknappheit in den letzten Jahren hatte er seinen Lastwagen auf Holzgas umbauen lassen. Daher lagen auf der Lastwagen-Ladefläche immer einige mit Brennholz gefüllte Jutesäcke zum Befeuern des Holzgasofens, mit dem der Motor angetrieben wurde. Ich dachte mir, Butter und Speck in den Säcken zwischen dem Brennholz zu verstecken. Das dürfte doch nicht so Verdacht erregend sein. Vielleicht könnte man sogar die einzelnen Portionen Butter und Speck nochmals gesondert getarnt zwischen zwei oder drei Holzstücken einbinden.

Vera schaute mich recht groß an und meinte: „Da kann man wieder einmal sehen, auf welch seltsamen und doch hilfreichen Ideen man in einer Notlage kommen kann."

Telefonisch war mein Onkel damals nicht zu erreichen. Also blieb uns wieder einmal nichts anderes übrig, als mit dem Fahrrad die zwölf Kilometer zu ihm nach Hillesheim abzustrampeln. Und Vera ließ es sich nicht nehmen, mir dorthin Gesellschaft zu leisten. Sie meinte, wenn sie schon einmal hier in der Eifel sei, müsse sie auch jede sich bietende Gelegenheit nutzen, die schöne Landschaft zu genießen. „Das Grau in Grau und all die Zerstörungen in unserem einst so schönen Köln machen mich beinahe stumpfsinnig", klagte sie dann während der Fahrradfahrt. „Dagegen lebt man ja hier förmlich auf, bei so viel heiler Natur. Ach Gott, könnte ich doch, was ich wollte ..."

„Was ist es denn, was du so gerne möchtest und nicht kannst?", fragte ich nach, während wir gerade von unseren Fahrrädern abstiegen, um sie bergauf zu schieben.

Vera kam mit Ihrem Rad ganz nahe an das meine heran, beugte ich lächelnd zu mir hin und sagte mit gedämpfter Stimme: „Ach Baddy, laß mal, ich sag es dir ein andermal. Du kannst mich daran erinnern."

Ich hätte zwar liebend gerne gewußt, was Vera mit ihrer Andeutung gemeint hatte, schwieg aber.

„Laß uns jetzt mehr in die Pedale treten als reden, sonst treffen wir deinen Onkel vielleicht nicht mehr an", wechselte Vera das Thema.

Veras Drang, uns zu sputen, war es zu verdanken, daß wir noch rechtzeitig in Hillesheim ankamen. Denn mein Onkel war gerade im Begriff, mit seinem Lastwagen wegzufahren. Obwohl er es eilig hatte, hörte er sich unser Anliegen in Ruhe an. Zuerst schmunzelte er, sagte dann aber mit enttäuschter Miene: „Das ist aber richtig dumm, ich weiß wirklich nicht, wann ich noch mal zu den Engländern fahre. Vorige Woche war ich noch in Münstereifel. Verflixt noch mal, daß ich euch da im Augenblick nicht weiterhelfen kann. Aber es ist nicht ausgeschlossen, daß ich in den nächsten acht Tagen eine Fahrt in diese Gegend bekomme."

Jetzt wehrte Vera spürbar enttäuscht ab. „Ach nee, das ist zu ungewiß und dauert mir auch zu lange. Zu Hause meinen sie dann bald, ich sei verschollen."

In seiner spaßigen Art antwortete mein Onkel hintergründig: „Daraus hätte ich mir früher, als ich noch so jung war wie ihr, kein Problem gemacht."

Vera lächelte ein wenig gezwungen und konterte: „Wenn

meine Familie in Köln nicht so dringend auf unser Gehamstertes angewiesen wäre, dann könnten wir es uns ja mal überlegen, uns so ähnlich wie Sie meinen, die Wartezeit zu vertreiben."

Mein Onkel lachte. Veras Bemerkung hatte ihn etwas überrascht. Doch bedauernd fügte er an: „Schade, daß meine Frau nicht zu Hause ist. Sie mußte noch zum Arzt, und es kann eine Stunde dauern bis sie zurückkommt."

Da wir uns ohnehin nicht lange aufhalten konnten, winkte ich ab: „Bitte bestell Berta recht schöne Grüße, bis ein andermal."

Mein Onkel startete seinen Wagen, und Vera und ich machten uns wieder auf den Heimweg. Nach weniger als hundert Metern mußten wir die starke Steigung ortsauswärts unsere Räder schieben. Vera schien sehr enttäuscht darüber zu sein, daß es mit unserem „Transportplan" nicht geklappt hatte und fragte mich mit nachdenklicher Miene: „Was machen wir denn jetzt bloß? Ich kann wirklich nicht länger ausbleiben! Was mögen sie zu Hause denken und sich auch Sorgen machen."

Da Veras Familie nicht telefonisch erreichbar war, schlug ich vor: „Wir rufen einfach im Krankenhaus der Augustinerinnen an und bitten dort Lernschwester Melanie Bescheid zu geben, daß du einige Tage später aus der Eifel zurückkommst."

„Du hast recht."

Vera schien beschwichtigt.

„Aber ich weiß trotzdem nicht, ob wir es morgen mit der Bahn versuchen sollen", bäumte sie sich nochmals auf.

„Auf keinen Fall, Vera", war meine Antwort. „Das können wir mit den acht Pfund einfach nicht riskieren. Ich kann mir nicht vorstellen, wie wir diese einigermaßen sicher durch die Kontrolle bringen könnten. Und so um die fünfzehn bis zwanzig Kilometer querfeldein damit zu marschieren, kann ich mir noch nicht mir meinen ödemgeschwächten Beinen erlauben. Und dich alleine damit losgehen zu lassen, das dulde ich wiederum nicht."

Als Vera dann aber fast schmollend meinte, sie könnte es ja als Schwangere versuchen, mußte ich stehenbleiben und herzlich lachen. Ich fand den von Vera so trocken vorgetragenen Gedanken im ersten Moment ausgesprochen witzig, hielt ihn dann aber für gar nicht so abwegig. Trotzdem sagte ich zu Vera: „Findest du nicht, daß das etwas ungehörig, ja sogar pietätlos wäre? Nun ja, im äußersten Notfall könnte man es so machen."

Vera lachte etwas gequält: „O Nachtigall, ich hör dich trapsen, die Welt scheint sich wieder zu moralisieren."

Und da wir nun die langgezogene Steigung geschafft hatten, setzten wir uns wieder auf unsere Räder und traten weiter. Unterwegs trafen wir eine junge, blonde Frau, die mit ihrem Kleinkind spazieren ging. Ich hatte sie bereits aus weiterer Entfernung erkannt. Es war Henni, meine erste große Liebe. Leider war diese Liebe nur einseitig gewesen, weil Henni nichts davon wußte. Damals war ich vierzehn Jahre alt. Ich zögerte jetzt – sollte ich vorbeifahren oder anhalten und absteigen und sie begrüßen? Als wir auf gleicher Höhe waren, bremste ich wie automatisch, stieg etwas zu hastig von meinem Rad, um dann um so verlegener auf Henni zuzugehen und sie zu begrüßen.

Das kleine Mädchen an ihrer Seite ähnelte ihr wie aus dem Gesicht geschnitten. Aber dann machte ich einen großen Fehler, als ich Henni ganz unbedacht fragte: „Wie geht es euch beiden denn, ist der Papa auch schon heimgekehrt?"

Ich nahm sofort ein heftiges Zucken in ihrem hübschen Gesicht wahr und fragte nicht weiter. Ihre Reaktion auf die Frage nach dem Vater ließ mich zweierlei vermuten. Aber es lag mir in diesem Moment nichts daran, weiterzugehen.

Ein fragender Blick ging zu Vera hin, die noch auf der anderen Wegseite neben ihrem Fahrrad stehengeblieben war. „Das ist Vera", sagte ich zu Henni, „eine Bekannte aus Köln, die meine Freundin geworden ist."

Ich staunte selbst ein bißchen über meine Formulierung, die mir spontan und treffend kam.

Als ich mich nach einer Weile des Wortwechsels von Henni verabschiedete und ihre weiche Hand herzlich die meine drückte, spürte ich, daß die vielen Jahre seit meiner fast noch knabenhaften Liebe meine besondere Zuneigung zu ihr nicht verdrängt hatten.

So setzten Vera und ich unsere Heimfahrt weiter fort. Zuerst glaubte ich, daß das Zusammentreffen mit Henni Vera nicht weiter interessiert hätte. Dann aber, als wir erneut absteigen mußten, fragte sie hintergründig: „Hör mal Baddy, ist da schon mal etwas zwischen dir und der jungen Frau gewesen?"

Nachdenklich antwortete ich: „Wie soll ich dir das nun erklären?"

Ich begann darüber zu erzählen.

Schon mit vierzehn Jahren hatte ich mich in Henni ganz heftig verliebt. So heftig, daß mir der Puls in den Schläfen trommelte, wenn ich sie unverhofft antraf. Aber das Dumme dabei war, daß es nur eine einseitige Liebe war, von der Henni damals nichts wußte und auch heute noch nichts weiß. Meine Familie hatte mit der von Henni eine gute Beziehung. Fast jede Woche kam ich durch irgendeinen Umstand in Hennis Elternhaus. Meistens befand ich mich eine halbe Stunde in der Küche, in der sich dann auch Henni aufhielt. Während ihrer Unterhaltung, die sie arglos mit mir führte, wußte ich oft nicht, wie ich an ihr vorbeischauen sollte. Denn sie anzuschauen schien mir beinahe unmöglich zu sein, weil dann meine Verlegenheit unerträglich wurde. Daher war ich meistens erleichtert, mich verabschieden zu können, aber auf dem Heimweg ärgerte ich mich um so mehr, den Aufenthalt bei Henni in der Küche nicht noch länger hinausgezögert zu haben. So mußte ich erfahren, daß die erste Liebe sehr schön, aber auch recht grausam sein kann, wenn man sie einseitig erlebt.

Zwar glaubte ich lange Zeit, Henni müßte es mir am Gesicht absehen, wie ich zu ihr stand. Auch später, mit sechzehn Jahren, nahm ich schmerzlich ihr gleichgültiges Benehmen mir gegenüber in Kauf, ohne mir ein Herz zu fassen und Henni auf irgendeine unmißverständliche Weise meine Gefühle ihr gegenüber zum Ausdruck zu bringen. Vielleicht war ich damals einfach zu feige dazu. So war es für mich ein Glück, daß ich 1937 in Sinnersdorf Lia kennenlernte. Lias äußere Ähnlichkeit mit Henni und ihre einnehmende Zärtlichkeit ließen meine Gedanken an Henni nach und nach verblassen. Nur einmal noch wurde ich besonders an sie erinnert, als ich im Genesungsurlaub mein Fotoalbum durchsah und dabei ein Foto von Hennis Verlobtem fand, auf dem dieser in einem Unterstand an der Ostfront zu sehen war.

„So, jetzt weißt du auch das. Hoffentlich war deine erste Liebe nicht so schmerzlich!"

Seufzend antwortete Vera: „Ach Gott, es ist zwar lange her, aber ich kann mich noch gut erinnern. Ich war ganz gewaltig in einen Jungen aus meiner Klasse verknallt. Doch der Junge hatte es gewußt, und die ganze Klasse war auch bereits dahinter gekommen. Ich mußte manche Hänselei einstecken. Nur, bei mir war die junge Liebelei bereits nach einem Jahr vorbei. Nicht weil der Junge nichts mehr von mir hätte wissen wollen, nein, so war es nicht. Wir beide hatten oft jede Gelegenheit ausgenutzt, uns heimlich zu treffen und es schon verstanden, ganz schön miteinander zu knutschen. Auch wenn es meistens an wenig romantischen Orten war, haben wir die heimlichen Treffen immer schön gefunden. Dabei glaubten wir mit unserem harmlosen Tete-à-Tete etwas Verbotenes zu tun. Schließlich waren wir ja noch jung. Und daß wir in einer Stadt wohnten, änderte nichts daran, daß unsere Eltern besonders darauf achteten, was ihre schon erwachsen sein wollenden Kinder so zwischendurch trieben. Doch nach einem Jahr zog die Familie meines Freundes nach Osnabrück. Ich weiß nicht, wie ich es dir beschreiben soll. Es war schrecklich für mich, und ich litt wochenlang. Schließlich war es dann die Entfernung zwischen Köln und Osnabrück, die mich vergessen ließ. Nicht zuletzt, weil mein Freund mir nicht mal seine neue Adresse mitgeteilt hatte. Am Ende war es mehr eine Trotzreaktion von mir, daß ich gesagt habe: Dann will ich auch nichts mehr von ihm wissen."

Mittlerweile hatten wir auch die letzte Steigung geschafft, um den letzten Kilometer vor Heyroth ziemlich schweigend hinter uns zu lassen. Zufrieden mit unserer Fahrt nach Hillesheim waren wir gewiß nicht. Unsere Hamsterware nach Köln zu bekommen, schien zu einem echten Problem zu werden.

Vorerst blieb uns nichts anderes übrig, als uns einen neuen Plan auszudenken. Wir berieten an diesem Nachmittag ein halbes Dutzend Möglichkeiten. Ein zweites Problem bahnte sich überdies an. Damals gehörte ein Kühlschrank noch nicht zum Bestandteil eines jeden Haushaltes. So mußten wir die kostbare Butter in kühlende Rhabarber-Blätter einschlagen und im Keller lagern. Dazu war zum Glück unser tiefer, gewölbter Hauskeller aus dem vorletzten Jahrhundert besonders gut geeignet. Aber trotzdem, wir mußten uns beeilen mit unserer Rückfahrt nach Köln, wo man uns bestimmt schon sehnsüchtig erwartete.

Am Abend saßen wir zu Hause zusammen. Meine Eltern wie auch unsere beiden längst schulentlassenen Pflegekinder Maria und Karl-Heinz waren schon zu Bett gegangen. Es ging bereits auf 23 Uhr zu und unser Gesprächsstoff hatte sich noch nicht erschöpft. Durch ein Fotoalbum aus der Soldatenzeit wurde Vera dazu angeregt, über ihren Bruder zu sprechen: „Du weißt ja, mein Bruder war ja auch da oben, vor Leningrad, hatte auch den ganzen Vormarsch von Polen bis an die Newa mitgemacht, bis ihm dann die Wade weggefetzt worden ist. Es war zwar ein ganz böser Heimatschuß, den er zu Anfang hunderte Male verfluchte. Kurze Zeit später aber empfand er ihn als ein großes Glück, weil mein Bruder dadurch wahrscheinlich früher wach geworden ist als du. Du verstehst schon, was ich meine. Und ihm ist all das, was du erleben mußtest, erspart geblieben."

Sie hielt einen Moment inne, bevor sie mich zögerlich fragte: „Hast du schon einmal einen feindlichen Soldaten, sozusagen Auge in Auge, erschossen?"

So tief mich diese Frage berührte, so schwer fiel es mir, darauf wahrheitsgemäß zu antworten. Es war nicht etwa die direkte, vielleicht sogar arglose Fragestellung, sondern ich wurde jetzt an den 16. September 1941 erinnert, an ein Geschehen in einer Sandgrube nahe der Newa, fast in Sichtweite von Leningrad. Das Ereignis ist mir bis heute unvergeßlich geblieben und – ohne mich beschuldigen zu müssen – belastet mich immer noch. Was war geschehen?

In der Nacht zum 16. September bin ich durch einen Zufall nicht so wie meine Kameraden Brecht, Guthier und Grimmel durch einen Granatvolltreffer im Schützengraben umgekommen. Meine stark aufgeschwollene rechte Ferse hatte verhindert, daß ich als Fernsprecher und Störungssucher mit zur etwa zweihundert Meter entfernten Beobachtungsstelle an der Newa ging, um von dort die Feuerkommandos an die Infanterie-Geschützstellung in der Sandgrube weiterzugeben. So bestimmte Leutnant Battenberg als Beobachtungsoffizier auf der B-Stelle den Obergefreiten Grimmel, meine Funktion als Fernsprecher und Störungssucher zu übernehmen. Und ich blieb das erste Mal während des über zweimonatigen Vormarsches in der Geschützstellung. Am frühen Morgen kam Leutnant Battenberg alleine zurück zur Feuerstellung und teilte uns erschüttert mit, daß Brecht, Guthier und Grimmel durch einen Volltreffer gefallen waren. Er selbst hatte nur wenige Meter neben den dreien an seinem Scherenfernrohr gestanden und war unverletzt geblieben.

Doch während wir jetzt unsere kleinen Geschütze mit Reisig tarnten, wurden wir auf verdächtige Bewegungen hinter der Sandgrubenböschung und einem Hohlweg aufmerksam. Der Leutnant zeigte zur Böschung und befahl mit leiser, gerade noch vernehmbarer Stimme: „Stellung, Feuer frei!" Wir stürzten zur Böschung. Und zur gleichen Zeit schlug uns heftiges Gewehrfeuer von der anderen Seite aus dem Hohlweg entgegen. Auf dem Bauch liegend und den Oberkörper nur kurz zum Schießen anhebend, wehrten wir uns gegen den Überraschungsangriff der Russen. Jedesmal, wenn das mir beinahe ins Gesicht schlagende Mündungsfeuer meines direkten Gegenübers erloschen war, hob ich mich kurz an und schoß zurück. Dann stürzte plötzlich ein Russe aus dem Hohlweg heraus. Die Kugeln aus seinem Gewehr ließen den Sand neben mir hochspritzen. Ich warf mich herum, hielt den Lauf meines Karabiners ihm entgegen und schoß, warf das Karabinerschloß herum und schoß zum zweiten Mal. Ich sah, wie er noch wenige Meter zurückhechtete, dann aber zusammenbrach.

Wohl Gott weiß wie oft hat sich der Augenblick des Zusammenbrechens des russischen Soldaten in meine Erinnerung eingefräst. Und obwohl ich nur instinktiv meinen Karabinerlauf auf den groß und bullig aussehenden Soldaten richtete und zweimal abdrückte, bin ich die Frage nicht losgeworden: Hätte ich ihn nicht bloß verwunden können? Aber ich konnte mir diese Frage auch nur mit einem kläglichen „wie denn?" beantworten.

Bei diesem Nahkampf in der Sandgrube ist anschließend auch Leutnant Battenberg und ein Geschützführer verwundet worden. Der kleine Bayer Sommer bekam einen tödlichen Lungendurchschuß.

Während ich Vera die Ereignisse vom 16. September 1941 geschildert hatte, waren diese wie ein Film vor meinem geistigen Auge abgelaufen. Einen Augenblick verweilte ich schweigsam in Gedanken. Vera fragte mich dann: „Was denkst du – findest du deine Verschonung vor dem Granatvolltreffer als einen puren Zufall oder glaubst du an eine übernatürliche Fügung? Ehrlich gesagt, ich tue mir schwer, an so etwas zu glauben. Ich kann mir einfach nicht vorstellen, daß es eine Fügung sein kann, wenn in nur einer Nacht zwanzig, dreißigtausend Menschen durch Bomben sterben mußten, oder wie in Dresden noch viel mehr."

Mit gemischten Gefühlen antwortete ich Vera: „Ganz gewiß habe ich mir damals keine Gedanken darüber gemacht, ob es Fügung oder Zufall gewesen ist, daß ich ausgerechnet an diesem einen todbringenden Tag verhindert war. Aber besonders bewegt hat mich der Tod des Obergefreiten Grimmel, der statt mir auf der Beobachtungsstelle war. Schließlich hatte er Heiratsurlaub beantragt. Unwillkürlich stellte ich mir vor, wie schrecklich es für die Braut in einem Ort an der Saar gewesen sein muß, als sie die Nachricht erhielt: Gefallen für Führer, Volk und Vaterland."

„Hör auf, hör auf!", unterbrach mich Vera „Ich kann diese Worte nicht mehr hören. Natürlich kann man heute schlau daherreden, weil wir jetzt wissen, worauf wir alle hereingefallen sind. Aber hätten wir etwas dagegen tun können und müssen? Gegen diesen Machtapparat, der von unserem geliebten Führer um sich herum aufgebaut wurde? Zuletzt genügte doch nur ein falsches Wort, und seine braunen Spitzel brachten dich auf Numero Sicher und stempelten dich als Volksschädling oder gar Verräter ab. Und heute wollen die lieben Entnazifizierten nur noch Mitläufer gewesen sein. Dabei waren doch gerade die kleinen Nazis ihre wichtigsten Mitarbeiter."

Sie hatte sich in Rage geredet, fuhr aber gleich gemäßigter fort: „Nun aber Schluß mit diesem Thema! Mich interessiert vielmehr deine seltsame Reaktion auf den Nahkampf mit den russischen Soldaten in der Sandgrube. In mir löst allein nur der Gedanke, ein Gewehr direkt auf einen Menschen zu richten ein Erschauern aus. Und du hast sogar noch zweimal abgedrückt. Warum noch ein zweites Mal?"

Vera hatte die letzten Worte so nachdrücklich ausgesprochen, daß ich die Notwendigkeit spürte, mich ihr zu erklären: „Als der russische Soldat aus dem Hohlweg auf mich in der Böschung zugesprungen kam und der Sand von den Kugeln aus seinem Gewehr neben mir hochspritzte, war mein blitzartiger Gedanke: Jetzt ist es aus, sein nächster Schuß trifft mich. Als ich dann glaubte, ihn mit meinem ersten Schuß nicht getroffen zu haben und er sich umdrehte, um auf mich zurückzuschießen, drückte ich ein zweites Mal ab und erwartete gleichzeitig einen mich treffenden Schuß. – Es war das erste Mal, daß ich einem russischen Soldaten Auge in Auge gegenüber gestanden hatte. Und es war etwas ganz anderes, als wild darauflosschießend die Feindstellungen zu stürmen und dabei oft nicht einmal die Soldaten zu sehen, von denen man die MG- und Gewehrschüsse hörte. Dann denkt man nicht einmal groß darüber nach, tödlich getroffen zu werden. Aber vor einem Bauchschuß hatte ich immer panische Angst und hängte mir deshalb meistens den schweren Feldfernsprecher mit seinem Tragegurt direkt vor meinen Bauch."

Ich blickte Vera lauernd an und fragte sie: „War es das, was du gerne genauer wissen wolltest?"

Sie nickte zustimmend.

Am nächsten Morgen hatten wir erfreulicherweise nicht die Zeit, uns den Schlaf aus den Augen zu reiben. Bereits vor halb sieben ertönte vor unserem Haus mehrmals eine Autohupe. Ich schaute aus dem Schlafzimmerfenster und öffnete es gleich, denn mein Onkel Peter rief mir durch das heruntergekurbelte Führerhausfenster seines Lastwagens mit lachender Stimme zu: „Nun aber dalli, dalli, ihr Langschläfer, in einer halben Stunde geht es Richtung Euskirchen!"

So schnell hatte ich mich lange nicht mehr angezogen. Wahrscheinlich war noch etwas von meiner Soldatenzeit zurückgeblieben. Vera trudelte erst knappe zehn Minuten später aus der Haustüre. Da hatte ich schon die Butter aus dem Keller heraufgeholt und einen Sack mit dem Holz für den Holzgasofen ausgeschüttet, um das erste Pfund Butter zwischen zwei Brettchen mit dünnem Rosendraht einzubinden und anschließend ganz unten in den Sack zu befördern. Das gleiche geschah mit dem zweiten Pfund Butter. Nun war auch Vera auf die Ladefläche des Lastwagens geklettert. Der nächste Holzsack wurde ausgeschüttet und darin die restliche Butter verschwinden gelassen. In den dritten Sack packten wir den Speck. Danach kletterten wir äußerst zufrieden mit unserer blitzartigen Versteckaktion vom Lastwagen herunter. Meine Mutter hatte Kaffee gekocht, den wir aber nicht mehr in Ruhe trinken wollten. Sie machte uns schnell noch ein paar Butterbrote zum Mitnehmen. Vera lief aufs Schlafzimmer und packte ihre Sachen zusammen. Ich ebenfalls. Bald saßen wir im Lastwagen neben meinem Onkel, der uns erklärte, daß er in der Nähe von Euskirchen Tonziegel zu laden hätte. Er würde uns nach Passieren der Zonengrenze auf dem Bahnhof in Euskirchen absetzen. Dort könnten wir unsere Hamsterware wieder in die Packtasche verstauen.

Vera war überglücklich und ich nicht weniger.

Als wir schließlich im Zug nach Köln saßen, hatten wir die Gewißheit, keine Kontrolle auf Hamsterware mehr fürchten zu müssen. Veras Augen glänzten förmlich vor Freude, als sie zu mir sagte: „Zu Hause ahnen sie bestimmt noch nicht, daß es heute für sie schöner werden wird als an Weihnachten. Ich sehe schon ihre erstaunten, strahlenden Gesichter vor mir. Und weißt du, was mir noch in den Sinn kommt, wenn ich an unser Verstecken von Butter und Speck in die Brennholzsäcke denke?"

Während ich sie fragend anschaute, fuhr sie fort: „Ach laß nur, ich kann es dir jetzt einfach nicht sagen."

„Du machst mich aber um so neugieriger", gab ich zurück. „Hat vielleicht so ein Sack mit Ofenholz mal irgendwann in deinem Leben eine besondere Rolle gespielt?"

Vera schüttelte den Kopf: „Beinahe hättest du es erraten, aber weder das Holz, noch die Säcke sind es. Als wir so eifrig und doch mit Bedacht die Butter und den Speck zwischen den vielen Holzstücken versteckt haben, mußte ich unwillkürlich an etwas denken. Aber an was, das möchte und kann ich dir jetzt nicht verraten."

„Und wenn ich dann vor Neugier platze, was dann?", setzte ich nach.

„Das wirst du bestimmt nicht. Bei deiner Kondition!", witzelte sie zurück.

Ich schaute aus dem Abteilfenster und sah die Landschaft an uns vorbeiziehen. Der Zug schlängelte träge dahin. Das Tang-Tang, Tang-Tang des Räderschlages auf den Gleisen wirkte heute ermüdend auf mich ein. Vera erging es ähnlich, denn ich spürte, wie sie sich leicht an mich anlehnte und ihre Hand mit zaghaftem Druck in die meine legte. So saßen wir eine kleine Weile schweigend nebeneinander. Obwohl ich vorgehabt hatte, ein Nickerchen zu machen, spürte ich bald keine Müdigkeit mehr. Doch Veras geschlossene Augen sagten mir, daß es bei ihr anders war.

Es wurde später Vormittag. Ohne daß ich es bemerkt hatte, war das Abteil neben uns leer geworden. Dann hielt der Zug wieder einmal an einem der Bahnhöfe, und Vera war dadurch wach geworden. Sie blinzelte mich an: „Sind wir bald in Köln?"

Ich schaute aus dem Abteilfenster und sah das Bahnhofsschild. „Liblar, wir sind erst in Liblar. Du mußt noch etwas warten. Aber du könntest mir jetzt doch sagen, an was du gedacht hast, als wir beide so eifrig Butter und Speck auf dem Lastwagen versteckt haben."

Und halblaut flüsterte ich weiter: „Du siehst ja, das Abteil nebenan hat sich geleert. Wir sind schon halbwegs ungestört."

Vera schien das aber nicht zu beeindrucken. Statt dessen antwortete sie mit gekünstelter Miene: „Du hast gut reden, weil du vielleicht keine blasse Ahnung davon hast, was mich bedrückt und wogegen ich mich auch zu wehren versuche. Aber scheinbar ist dagegen doch nichts zu machen."

Vera schwieg und blickte nachdenklich aus dem Fenster. Sie hielt dabei schützend ihre Hand über ihre Augen, denn die grellen Sonnenstrahlen des besonders schönen Oktobermorgens stahlen sich blendend hell in unser Abteil. Ich weiß nicht, war ich verlegen, daß ich Vera nicht gleich hatte antworten können? Oder wußte ich nicht, ob ich sie stärker bedrängen sollte, etwas deutlicher über ihr Problem zu sprechen? Aber dann zügelte ich meine von ihr angeheizte Neugier doch und beließ es bei einem kläglichen „Ja wenn du absolut meinst ...!".

Erinnernd fügte ich aber hinzu: „Du weißt ja, ich hab noch etwas gut bei dir zu hören, was du mir später sagen wolltest. Du erinnerst dich doch daran, was du während der

Fahrradfahrt ausgerufen hast: ‚Ach Gott, wenn ich könnte, wie ich wollte!' Das und deine Andeutung von heute könnten zusammengefaßt für mich eine spannende Erklärung werden."

Vera drehte sich verschmitzt und doch ein wenig ernst lächelnd zu mir hin: „Da könntest du doch wirklich recht haben. Doch mein Bruder Walter sagt des öfteren: Die meiste Zeit seines Lebens wartet der Mensch vergebens."

Die Sonnenstrahlen, die eben noch unser Abteil durchflutet hatten, waren plötzlich verschwunden. Hohe Gebäude längs der Bahnstrecke hielten sie von uns ab. Jetzt verdoppelte sich der Abstand des Tang-Tang des Radschlages auf den Gleisen. Der Zug fuhr mit verminderter Geschwindigkeit über mehrere Weichen in einen Bahnhof ein. Für einen kurzen Moment blickte ich auf einen weißen Schriftzug „Köln-Süd".

Ein mit frohem Unterton ausgesprochenes „Willkommen in der Heimat" vernahm ich von Vera, während sie gleichzeitig meine Hand drückte. Als wir wenig später auf dem Kölner Hauptbahnhof ausstiegen und uns im Getümmel der hin und her hastenden Menschen auf dem Bahnsteig befanden, ergriff Vera wiederum meine Hand, um sie erst wieder loszulassen, nachdem wir den Bahnhof verlassen hatten und in die Straßenbahn eingestiegen waren. Ob sie vielleicht glaubte, mich im plötzlichen Menschengewirr zu verlieren? Oder befürchtete sie einen erneuten Schwächeanfall von mir? Wie dem auch gewesen sein mochte, ich verspürte währenddessen nicht nur ein Gefühl von Sicherheit, sondern es war mir dabei auch einfach sehr wohl.

Und auch nachdem wir die Straßenbahn verlassen hatten, fühlte ich weiterhin ihre weiche Hand in der meinen. Erst als wir zu Hause durch die Tür traten, ließ sie meine Hand los, um dann wenige Augenblicke später ihre Mutter und ihren Bruder Walter zur Begrüßung zu umarmen.

„Habt ihr auch nicht die Eifel unsicher gemacht?", scherzte Walter.

Sie hatten die Kiste mit den Erbsenwürfeln auf dem Bahnhof abgeholt und die Erbsen schon probiert. Walter schwärmte: „Ich kann euch sagen, die erste Malzeit mit den Erbsen war wirklich ein kleines Fest!"

„Das glaube ich euch", antwortete Vera, ergriff gleichzeitig ihre Packtasche, entnahm die vier Stücke selbstgemachte, oval geformte Butter und legte sie nebeneinander auf den Tisch. Man konnte ihnen nicht mehr ansehen, daß sie zwischen Brennholzstücken versteckt und getarnt aus der Eifel heraus geschmuggelt worden waren.

Ein Pfund der in Pergamentpapier eingewickelten Butter öffnete Vera und reichte es ihrer Mutter. Diese hielt den länglichen, cremegelben Klumpen für einen Moment lang leicht wiegend in Ihrer Hand und beschnupperte ihn dann prüfend: „Wie appetitlich und frisch!"

„Und das war gar nicht so einfach, Mutter, mit dem Frischhalten. Doch bei Baddy zu Hause, im kühlen Keller und in Rhabarberblättern eingewickelt, hat es doch noch geklappt", strahlte Vera und fügte belustigend hinzu: „Und scheinbar hat sie den rauhen Transport auf dem Lastwagen in den Holzsäcken gut überstanden. Hoffentlich hat sie dabei keinen holzigen Geschmack angenommen!"

Walter hatte bis dahin schweigend dagesessen, doch jetzt verschaffte er sich Vera zugewandt Gehör: „Das hast du schön erzählt, wie ihr die Butter gekühlt habt. Aber wie soll das bei uns weitergehen? Wir haben zwar auch einen kühlen Keller, aber allzu lange kann man sie dort auch nicht aufbewahren. Und um sie ranzig werden zu lassen, dafür ist sie doch zu wertvoll. Darum meine ich, daß wir zwei Pfund Butter zu Butterschmalz auslassen sollten. Das verdirbt nicht so schnell und man hat lange was davon. Die restlichen zwei Pfund können wir doch einige Tage zum Brotaufstrich frisch halten."

„Da schau mal an, unser Großer, welche guten Ratschläge er auf Lager hat", fiel die Mutter ein. „Aber stellt euch mal vor, diese Art, Butter haltbar zu machen, die war mir schon bekannt, als es euch noch nicht gab."

„So", sagte jetzt Vera, „nun haben wir genug von Butter geredet. Baddy pack du mal aus."

Ich ließ meinen Rucksack über die Schulter gleiten, griff hinein, zog ein Päckchen heraus und legte es neben die Butterstücke auf den Tisch. Vera entfernte das Packpapier und zeigte stolz den zum Vorschein kommenden schneeweißen, etwa fünf Zentimeter dicken Speck.

In diesem Moment kam Melanie zur Tür herein. Sie machte einige Schritte auf den Tisch zu. Als wenn es ihr die Sprache verschlagen hätte, blieb sie einen Augenblick ohne ein Wort zu sagen davor stehen. Dann sprang sie ausgelassen wie ein Kind freudig hoch, stieß ein „Juchhe!" aus und jubelte: „Weihnachten im Oktober, die Welt ist verdreht und doch wieder schön!"

„Aber noch schöner wäre es, wenn wir uns jetzt zum Nachmittagskaffee hinsetzen könnten und ein paar deftige Brote mit guter Butter essen würden", meinte Walter.

„Du erinnerst mich an etwas, mein lieber Bruder", lachte Vera jetzt. „Seit heute morgen um sieben Uhr haben Baddy und ich außer einem Butterbrot zwischendurch noch nichts gegessen. Vor lauter Eifer haben wir den Hunger vergessen. Aber das können wir ja jetzt nachholen."

Und so saßen wir zehn Minuten später am Kaffeetisch. Es war für mich eine Freude zu sehen, wie genußvoll alle am Tisch das Brot mit der guten Butter bestrichen und ohne weiteren Belag aßen.

Unwillkürlich kam mir dabei in den Sinn, daß ich selbst noch bis vor wenigen Wochen drei Jahre lang täglich immer nur trockenes Brot gegessen hatte, ja essen mußte, weil es außer einer Wassersuppe nichts anderes dazugab. Höchstens ab und zu einmal einen Löffel voll Zucker.

Während der Brotzeit sprachen wir nicht viel. Doch danach wurde Vera immer wieder dazu ermuntert, von ihren Erlebnissen während ihres Aufenthaltes in der Eifel zu erzählen. Melanie war die Neugierigste und wollte alles genauestens wissen. So bemerkte sie dann in witzigem Tonfall: „Täusche ich mich oder stimmt es, daß mir jemand von euch ganz besonders aufgedreht und alert vorkommt?"

Dabei schaute sie verschmitzt lächelnd zu Vera auf der anderen Tischseite hinüber. Vera aber fragte mit scheinbar argloser Miene schulterzuckend zurück: „Was meinst du damit, Melanie? Und warum redest du nur von einem Jemand? Sind wir vielleicht nicht alle, einschließlich dir, heute aufgedreht und alert?"

„Ach Vera, du willst dich nur herausreden. Ich meine aber trotzdem besonders dich damit."

„Du spinnst ja, Melanie, du glaubst ja öfters etwas festzustellen, von dem wir alle noch nichts bemerkt haben", verharmloste Vera und warf mir dabei ganz unauffällig einen kurzen Blick zu, als wolle sie damit sagen: Ob ihr tatsächlich etwas aufgefallen sein sollte?

Dann machte Melanie uns alle auf einen Schlag sprachlos. Zu ihrer Mutter hingewandt sagte sie ganz knapp, aber doch mit betontem Nachdruck: „Ich will nicht nur Krankenschwester werden, sondern ins Kloster gehen und dort meine Ausbildung als Krankenschwester machen. Und später will ich auch in diesem Beruf als Nonne leben."

Ich weiß heute nicht mehr, war es nur ein kurzer Augenblick, oder war es viel länger, daß keiner von uns allen vor Erstaunen oder gar Unverständnis auch nur ein einziges Wort über die Lippen brachte. Aber dann war es Vera, die als erste das Schweigen brach und zu ihrer Schwester sagte: „Du bist also fest entschlossen, später mal eine Braut Gottes zu werden, eine Braut von einem Gott, von dem du nicht mal weißt, ob es ihn überhaupt gibt? Und an den man doch nicht mehr glauben kann, nach all dem, was wir und auch Millionen anderer Menschen in den letzten Jahren erleben mußten? Nein, Nein, ich war vorher immer ein gläubiger Mensch, aber jetzt haben meine Zweifel bei mir so überhand genommen, daß es mir unmöglich erscheint, noch an einen lieben Gott zu glauben, der seinen angeblich von ihm erschaffenen Menschen ein solches an Grausamkeit nicht zu übertreffendes Leid antun kann."

Ärgerlich unterbrach jetzt Melanie ihre Schwester: „Mein Gott Vera, sei doch nicht so engstirnig und begreife doch, daß Gott eine alles umfassende übernatürliche Allmacht ist, die man sich nicht in menschlicher Gestalt vorstellen sollte."

Vera schüttelte den Kopf und bemerkte ironisch: „Wie unsere kleine Schwester zu dieser Eingebung gekommen ist?! Und das mit gerade mal ihren siebzehn Jahren. Dagegen befinde ich mich mit meinen siebenundzwanzig Jahren in einem ernsthaften Aufklärungsnotstand."

Melanie aber hielt dagegen: „Statt zu spötteln, tätest du besser daran, etwas mehr die Augen aufzumachen, zu überlegen und intensiver nachzudenken."

Darauf Vera spontan: „Hab ich das nicht schon mal gehört, das mit dem Schauen und dem Nachdenken?" Und zu mir hingewandt: „Baddy, war es nicht deine Freundin Lia gewesen, die das zu dir gesagt hat, als du dich auch in einer Glaubenskrise befunden hast?"

Es war mir nicht einmal peinlich, als Vera mir diese direkte Frage stellte, die mehr eine Erinnerung an ein ähnliches Gespräch mit ihr sein sollte. Aber ich kam nun auch nicht mehr daran vorbei, Vera darauf zu antworten. So gab ich unumwunden zu: „Ja, es stimmt schon, was Vera sagt. Und es stimmt auch, daß ich mal eine tiefe Glaubenskrise gehabt habe und meine Freundin Lia mich in überzeugender Weise zum Nachdenken anregte und mir so meinen Glauben an Gott wieder nähergebracht hat."

Die Mutter unterbrach mich mit gequält leiser Stimme: „Wenn ich euch richtig verstehe, dann meint Vera, daß Gott niemals so ungerecht sein konnte, daß er unschuldige Menschen durch Bombenterror, wie hier in Köln, so grausam hat leiden lassen. Ich weiß nicht, ob ich Vera bei ihrer Einstellung noch zumuten kann, daß sie an die Sündflut und die Arche Noah glaubt. Wenn doch, dann wird sie auch besser verstehen können, was sie an Unbegreiflichem erleben mußte. Ich würde es mir als ihre Mutter von Herzen wünschen."

Mit festem Blick richtete sie sich wieder an mich: „Und dich, Baddy, beglückwünsche ich, daß du eine Freundin hattest, die dich davon überzeugen konnte, daß Gott keine Märchenfigur ist und auch nicht sein kann."

Walter hatte bis dahin schweigend zugehört. Zu Melanie hingewandt bekräftigte er dann in einem leicht ärgerlichen Ton: „Mach dir nichts aus Veras Gerede, und laß dich nicht dadurch von deinem Entschluß abbringen. Vera soll sich überlegen, wen sie für den Krieg verantwortlich machen kann. Wurde nicht auch für sie als BDM-Mädchen der sogenannte Führer zu ihrem Idol? Wenn ich da an die Feldpostbriefe denke, die sie mir noch – als schon die ersten Bomben auf Köln gefallen waren – in heller Begeisterung für den Führer an die Ostfront geschrieben hat! Dann muß ich mich über ihren leider sehr späten Sinneswandel ganz besonders wundern. Sie kann doch jetzt nicht Gott für diesen verdammten Krieg verantwortlich machen, der von diesem Teufel Hitler ausgelöst worden ist. Erinnert sie sich denn nicht mehr, daß dieser erklärte Atheist Hitler die Deutschen nach jeder seiner fanatischen Reden mit den Worten „so wahr mir Gott helfe" schamlos verdummt hat?"

Vera unterbrach ihren Bruder mit dem halblauten Satz: „Aber dieser allmächtige Gott hatte es doch geduldet. Er hätte eingreifen müssen."

„Und hat er das vielleicht nicht?", war Walters prompte Antwort.

Vera aber akzeptierte Walters Sicht nicht und gab erregt und verbittert zurück: „Wenn das tatsächlich auch der Fall gewesen sein sollte, dann war es viel zu spät!"

Melanie saß still da, ohne sich an der Debatte weiter zu beteiligen. Ich sah jetzt, wie sie ihren Kopf senkte und lautlos in sich hinein weinte. Als auch Walter dies bemerkte, richtete er sich vorwurfsvoll an Vera: „Das finde ich nicht schön von dir. Wenn du uneins mit deinem Glauben bist, dann beeinflusse doch Melanie nicht, etwas zu unterlassen, was sie später einmal bereuen könnte. Melanie wird schon selber wissen, was ihre Berufung ist. Und wenn sie doch feststellen sollte, daß sie sich geirrt hat, bleibt ihr immer noch die Möglichkeit, ihren eingeschlagenen Berufsweg in eine andere Richtung zu lenken."

Nach einer Weile der Stille sprach Vera mich an: „Du hast es gehört, Walter lenkt von meiner Frage ab und macht Melanies Entschluß zum Thema. Mir aber geht es darum, endlich Klarheit in meinem Glauben zu bekommen. Dir hat doch damals Lia geholfen. Wie finde ich jetzt aus meiner glaubenslosen Leere nur wieder zu einem ausgeglichenen Leben?"

Vera hatte ihre Erwartungen an mich zu hoch angesetzt. Sie brachte mich in Verlegenheit, denn ich wußte ihr keine noch überzeugendere Antwort zu geben, als Tage zuvor.

„Es tut mir leid, Vera", sagte ich zu ihr. „Ich kann dir nicht mehr sagen als bei unserem Waldspaziergang in der Eifel. Schließlich bin ich kein Theologe. Um aus meiner Glaubenskrise herauszukommen, brauchte ich viel Zeit, sehr viel sogar. Und es traten dabei immer wiederkehrende, nagende Zweifel auf. Groteskerweise oft auch bei meinem regelmäßigen Kirchgang, wenn ich so manchen Gläubigen augenscheinlich tief frömmig in der Bank knien sah, obwohl mir dessen Falschheit seinen Mitmenschen gegenüber bekannt war."

An diesem Abend konnten wir Vera nicht viel weiterhelfen. Und Melanie lenkte das Gespräch in eine andere Richtung.

Die mongolische Krankenschwester

„Morgen ist Samstag, und ich habe dazu noch meinen freien Tag", freute sich Melanie. „Da kann ich wieder einmal so richtig ausschlafen."

„Und heute abend länger aufbleiben", ergänzte Walter und fügte noch mit einem unterdrückten Lachen hinzu: „Und nicht, daß du dem Baddy ein Loch in den Bauch frägst, mit deiner nicht zu bremsenden Neugierde."

„Aber Bruderherz, nun sei doch nicht so gehässig", gab Melanie mit gespielt beleidigter Stimme zurück.

„Ich meine, das ist mehr Wissensdurst als nur Neugierde", warf ich ein. „Übrigens, ist das nicht kurios? Melanie ist bereits die dritte Krankenschwester, die ich kennengelernt habe. Die erste war Lia. Die zweite die Mongolin Tana, der ich viel zu verdanken habe …

„Was sagst du da, eine mongolische Krankenschwester, der du viel zu verdanken hast?", fiel Melanie ungehalten ein. „Das mußt du mir aber unbedingt erzählen!"

Walter lachte lauthals los und fühlte sich bestätigt.

„Das würde sogar auch mich noch interessieren", mischte sich Vera ein.

Es blieb mir nichts übrig, als mein Erlebnis aus dem Gefangenenhospital im Kaukasus zu erzählen, wohin Schwester Tana versetzt worden war. Doch zuvor bat ich alle darum, die Geschichte für sich zu behalten. Auch machte ich keine genauen Namenangaben. Denn es war erst ein Jahr her, als ich in eine recht prekäre Situation geraten war.

Drei Wochen war ich bereits in dem Hospital. Mein Mumps war immer noch nicht ausgeheilt. Doch ich spürte mit jedem Tag mehr, wie mein heruntergekommener Körper wieder zu Kräften kam. Irgendwann war die Krankenschwester

Tana darauf aufmerksam geworden, daß ich mich recht gut in russischer Sprache verständigen konnte. Wahrscheinlich deshalb stand sie eines Tages in der Tür des Krankensaales, zeigte mit ausgestrecktem Arm auf mich und rief „Golzem iddi sudda", was soviel hieß wie „Holzem komm mal her."

In den folgenden vier Wochen ging ich mit ihr täglich von Krankensaal zu Krankensaal und zog ein primitives Handwägelchen mit Medikamenten hinter mir her. Was ich seltsam fand, war, daß die meist pulverigen Medikamente in schmalen Zeitungspapierstreifen eingefaltet waren. Beeindruckt war ich dagegen von den beiden jungen Ärztinnen, die alle zwei bis drei Tage sich bei der Visite nach dem Befinden eines jeden von uns erkundigten. Sie ließen uns bei ihren einfühlsamen Untersuchungen nicht spüren, daß wir Gefangene waren. Meine Aufgabe war es nun, mir die Pülverchen von Schwester Tana geben zu lassen, um sie dann den Kameraden auf den Strohsäcken mit etwas Wasser zu reichen.

Dann geschah etwas, was meinen Eifer bei der Medikamentenausgabe bremste und mich in Angst versetzte. Einige TBC-Kranke waren eingeliefert worden, und man richtete im Hospital eine Isolierstation ein, deren Betreuung ebenfalls von uns übernommen wurde. Mir wurde klar, daß ich meine Angst vor einer Ansteckung durch den TBC-Bazillus überwinden mußte. Auch sagte ich mir: Wenn die Schwester Tana keine Probleme mit einer Ansteckung hat, dann brauche ich sie auch nicht zu haben.

Trotzdem hatte ich ein beklemmendes Gefühl, als wir das erste Mal die TBC-Station über eine Desinfektionsmasse betraten. Mit Entsetzen erfuhr ich dann, daß einige der Kranken mir persönlich bekannt waren. So gehörte mein früherer deutscher Lagerkommandant zu ihnen. Ich traf ihn auf einem Schemel sitzend an, neben zwei Kranken auf Pritschen. Er erkannte mich sofort und konnte sich nicht verbeißen, mir zu sagen: „Halten Sie nachher ja die Schnauze!" Von dem einst so geltungsbedürftigen Soldaten war nur noch ein Häuflein Elend übrig geblieben. Mit einer gefransten Wolldecke um den Bauch geschlagen saß er da auf dem wackeligen Schemel und war besorgt, ich könnte später den anderen Gefangenen erzählen, daß er sich auf der TBC-Isolierstation befände.

Mindestens einmal am Tag betrat ich mit Schwester Tana die Isolierstation, immer mit dem unguten Gefühl, mich trotz der Schutzmaßnahmen anzustecken. Aber eigentlich vergingen mir die Stunden und Tage fast zeitlos, denn als Gefangener hatte ich weder eine Uhr zum Ablesen der Tageszeit, noch einen Kalender, der mir den Wochentag anzeigte. Von Schreibutensilien träumte ich. Einige andere Utensilien waren nicht von Nöten. Unsere kahl geschorenen Köpfe brauchten keinen Kamm, und wie unsere Konterfeis aussahen, sahen wir schemenhaft in einer Schüssel Waschwasser.

Es wurde Frühling. Und der Frühling im Kaukasus ist ganz besonders schön. Der Fluß Terek schlängelte sich wie ein blaues Band durch ein grünes, blumiges Tal. Die vielartigen Bäume in den dichten Wäldern erweckten bei mir unwillkürlich den Eindruck, daß deren Wurzeln ein Abdriften der steilen Berghänge verhinderten. Gleichzeitig schienen jetzt die sich in mannigfachen Frühlingsfarben entfaltenden Baumkronen als eine ganz erhabene und doch respekteinflößende Augenweide zu repräsentieren.

Auch für mich persönlich gab es 1946 in diesem erneuten Frühling in der Gefangenschaft einen kleinen Lichtblick. Zweifellos hatte Schwester Tana in besonderer Weise einen wesentlichen Anteil dazu beigetragen. Denn indem ich gemeinsam mit ihr die Kranken betreute, erfuhr ich zum ersten Mal in meiner Gefangenschaft in der Arbeit einen wahren Sinn. Ganz bestimmt auch deshalb, weil mich Schwester

Tana nicht als rechtloser Gefangener behandelte, sondern auch als Mensch respektierte. Natürlich freute ich mich auch über die extra Kelle Suppe, die ich in der Küche für meinen Hilfsdienst bekam. Die dünne Suppe bewirkte zwar keine richtige Sättigung, sondern nur ein Völlegefühl, aber der Hunger war dadurch für eine kurze Zeit verdrängt.

Schwester Tana erklärte mir bald in einigen Brocken Deutsch, daß der Kommandant ihr für eine Zeitlang die Genehmigung erteilt hatte, mich nach dem Dienst im Hospital zu sich nach Hause zum Holzhacken mitzunehmen. Am nächsten Tag brachte mir dann Schwester Tana vor Dienstende meine frisch entlausten Uniformteile. Ich legte meine im Hospital übliche Wolldecke ab und ging mit ihr in der Uniform nach Hause. Auf dem etwa zwei Kilometer langen Heimweg besserten wir uns gegenseitig unsere Sprachkenntnisse auf, sie in Deutsch und ich in Russisch. Dann standen wir vor ihrem Zuhause: ein in typischer Holzbauweise errichtetes und mit Stroh gedecktes Häuschen. Unsere Ankunft war wohl schon bemerkt worden, denn in dem niedrigen Hauseingang stand eine Frau um die Mitte vierzig. Sie hatte eine frappierende Ähnlichkeit mit Schwester Tana. Nur war ihr mongolisches Aussehen noch ausgeprägter als bei Tana, die mir sie als ihre Mutter vorstellte.

Ich hatte angenommen, man würde mich gleich mit dem Holzhacken beginnen lassen. Statt dessen bat man mich, in dem kleinen Wohnzimmer Platz zu nehmen. Neugierig ließ ich meinen Blick durch das Zimmer schweifen. Während eine Ikone meine Aufmerksamkeit auf sich zog, servierte man mir eine Tasse dampfenden Tee und eine Schnitte des üblichen Kastenbrotes. Nachdem ich die Malzeit zu mir genommen hatte, ging Schwester Tana mit mir nach draußen und drückte mir – nicht wie ich glaubte eine Axt – sondern einen Spaten in die Hand. Hinter dem Haus lag ein kleiner, teilweise eingezäunter Garten, dahinter standen Obstbäume. Tana führte mich zu einem schmalen Gartenstück und zeigte darauf mit den Worten „Kartoschka, Kuscheid", womit sie mir sagen wollte, daß hier Eßkartoffeln gepflanzt werden sollten. Ich nickte und fing sogleich mit dem Spaten an. Tana schaute mir noch eine Weile zu und ging dann zurück ins Haus.

Während ich spatete, überkam mich ein sonderbares Gefühl. Sah dieser Spaten nicht fast genauso aus wie jener zu Hause, mit dem ich noch vor zwei Jahren in meinem letzten Heimaturlaub in der Eifel unseren Hausgarten umgespatet hatte? Was hatte sich nicht alles seitdem bei mir verändert! Mein jugendlicher Optimismus und Tatendrang hatte sich in Heimweh, Hunger und pessimistisches Zukunftsdenken zurückentwickelt.

Übereifrig hatte ich begonnen, das Gartenstück umzuspaten. Doch bereits nach kurzer Zeit wurde mir der Spaten immer schwerer. Ich hatte meine Kräfte doch ein wenig überschätzt. Aber hinsetzen wollte ich mich nach so kurzer Arbeitszeit auch nicht. Dann bemerkte ich, daß Tana in den Garten gekommen war. Lachend sagte sie zu mir: „Pomala, pomala, niet dawei, monocha malad", was soviel hieß wie: „Langsam, langsam, nicht so schnell, noch viel zu schwach."

Fast dankbar richtete ich mich auf und war froh, eine kleine Pause machen zu können. Und während ich jetzt hinüber zu den blühenden Obstbäumen schaute, erblickte ich auf einer Anhöhe eine kleine Kaukasus-Stadt. Auch dort schien die Blütenpracht von unzähligen Baumkronen die baulich eher anspruchslos wirkenden Gebäude aufzuwerten.

Tana war weitergegangen und machte sich an einem abgedeckten Beet zu schaffen. Ich war plötzlich unwahrscheinlich guten Mutes. Am liebsten hätte ich meine Arme ausgestreckt und gejubelt: Ach Gott, was habe ich für ein Glück gehabt! Fast wie im Paradies!

Ich sah auf den Ärmel meines linken Arms, den ich auf den Spatenstiel aufgestützt hatte. Dort blickte mich das aufgenähte, gelbe, häßliche Stück Leinenstoff mit den Buchstaben W. P. an. Sie standen für „Wajenny Plenny" und bedeuteten Kriegsgefangener. Die trostlose Wirklichkeit hatte mich wieder eingeholt. Und Tana, die ihren weißen Schwesternkittel gegen ein buntes Kleid und eine blaue Schürze gewechselt hatte, war auch nicht mehr da und zurück ins Haus gegangen. Ich besann mich darauf, wozu ich in diesem Garten war und begann wieder zu spaten. Aber diesmal ließ ich es etwas langsamer angehen. Ich wollte nicht noch einmal den Spaten in meinen Händen so schwer wie Blei werden lassen. Trotzdem genoß ich das Umgraben als eine Arbeit, bei der ich den sonst so quälenden Hunger zum ersten Mal in der Gefangenschaft nicht spürte.

Nach etwa zwei Stunden kam Tana wieder zu mir in den Garten und sagte: „Iddi sudda skora na Hospital", was bedeutete, daß wir jetzt wieder ins Hospital zurückgehen würden. Sie hatte wieder ihren weißen Schwesternkittel an. Ich nahm an, wohl deshalb, weil sie keine unguten Vermutungen aufkommen lassen wollte. Denn der Weg zum Hospital wurde auch von Zivilisten genutzt. Und ein russisches Mädchen in ziviler Kleidung, das von einem sichtbar als deutscher Kriegsgefangener gekennzeichneten jungen Mann begleitet wurde, hätte zu Spekulationen geführt.

So ging ich in den nächsten Tagen noch viermal mit Schwester Tana nach Hause und arbeitete dort in ihrem Garten. Am vierten Tag, als das zum Kartoffelpflanzen vorbereitete Gartenstück fertig war, machte ich das, was ich zu Hause schon so oft getan hatte. Ich drückte die Setzlinge fest in den umgespateten Gartenboden hinein, und Tana folgte mir auf Schritt und Tritt und deckte sie mit einer Harke zu.

Nachdem wir dann mit dem Kartoffelpflanzen fertig waren, gingen wir nicht, wie an den vergangenen Tagen, gleich wieder zurück ins Hospital. Mit Erstaunen erblickte ich auf dem Küchentisch eine geflochtene Weidenplatte mit in der Pfanne gebackenen, flachen Kartoffelpuffern. Diese hatte ich auch zu Hause für mein Leben gerne gegessen. Tanas Mutter hatte sie für uns gebacken. Sie war froh, daß die Kartoffeln nun im Boden waren.

Ich irrte darin zu glauben, die Gartenarbeit sei die einzige bei Tana zu Hause gewesen. Und ich freute mich darüber, daß es ein Irrtum war. Am nächsten Spätnachmittag ließ Tana mich im Hospital wieder meine Wolldecke ablegen und meine alten Uniformstücke anziehen. Die Hose war bereits von einem russischen Soldaten getragen worden, und die Jacke war deutschen Ursprungs. Diesmal drückte mir Tana bei ihr zu Hause im Schuppen wirklich eine Axt in die Hand. Sie zeigte auf einen Haufen von bereits auf Ofenlänge gesägten Holzstämmen, und ich verstand, was ich zu tun hatte. Ich nahm den ersten Holzklotz und zerteilte ihn mit der Axt in mehrere ofenfertige Holzstücke. Tana sagte mit zufriedenem Unterton in ihrer Stimme: „Charascho, charascho" (gut, gut). Dann ließ sie mich allein.

Während ich hackte, kam sie noch zweimal in den Schuppen, um nach mir zu schauen. Vielleicht befürchtete sie, ich könnte mich verletzen. Aber auch das Holzhacken war mir von zu Hause her vertraut gewesen. Als Tana zum dritten Mal in den Schuppen kam, um mich wieder ins Hospital zurückzubringen, fühlte ich mich schon ein wenig erschöpft. Es war später als sonst geworden, und die Dämmerung hatte bereits eingesetzt.

An den nächsten drei Tagen blieb es bei meiner Tätigkeit als Medikamentenausgeber mit Schwester Tana. Oft erhaschte ich ein verschmitztes Lächeln von ihr, wobei sie mit ihren schmalen, schlitzartigen Augen keck meinen

Blick zu suchen schien. Und seltsamerweise schien mich das nicht einmal zu irritieren, im Gegenteil, ich blickte ungeniert zurück.

Dann war ich wieder einige Nachmittage bei ihr zu Hause und viertelte bedächtig mit der Axt Holzklotz für Holzklotz. Als ich das letzte Stück Holz spaltete, dachte ich bei mir: Nun ist die schöne Zeit vorbei, in der ich mich für einige Stunden so frei und froh gefühlt habe und zudem durch den beginnenden Frühling auflebte.

„So, nun kennst du auch meine Geschichte von der Krankenschwester Tana", wollte ich meine Erzählung abschließen.

„Ach", meinte Melanie ungeduldig, „geschah dann nichts Besonderes mehr, nachdem du fertig warst mit dem Holzhacken?"

„Oh doch, da geschah noch etwas, womit ich in meinem Leben nicht gerechnet hätte", lachte ich.

Ich erzählte weiter.

Die Betreuung der TBC-Kranken wurde für mich zur Selbstverständlichkeit, obwohl ich die Gefahr der Ansteckung noch nicht ganz verdrängt hatte. Dann ließ Schwester Tana mich wieder meine Gefangenenkleidung anziehen. Ich wußte noch nicht, was für eine Arbeit mich diesmal bei ihr zu Hause erwarteten würde. In einem kleinen Nebengebäude des Wohnhauses waren einmal zwei Kühe untergebracht gewesen, wie ich an der Einrichtung unschwer erkennen konnte. Der meterhohe Futtertrog stand noch ungenutzt da, während um das Gebäude herum gewiß zwei Dutzend Hühner mit Hahn scharrten. Schwester Tana bedeutete mir, mit den schon bereitliegenden Brettern mitten durch den Kuhstall eine Wand zu ziehen, so daß ein separater Raum für die Hühner entstünde.

Ich sägte und hämmerte drei Tage lang jeweils zwei Stunden, wobei Schwester Tana öfters hinzukam und mich mit „da, da, charascho" lobte. Am Ende sollten noch Sitzlatten und einige Eierlegekisten angebracht werden. Ich rechnete mir aus, daß dies nach zwei weiteren Tagen auch erledigt sei. Und dann wäre die schöne Zeit für mich endgültig vorbei. Denn ich glaubte nicht, noch länger im Hospital zu bleiben. Schwester Tana hatte durch meine Mithilfe meine Entlassung in das Arbeitslager ohnehin schon hinausgezögert.

Als ich die letzten Bretter an die Wand nagelte, war Schwester Tana von mir unbemerkt hinter mich getreten. Sie umfaßte meinen Oberkörper, drehte mich zu ihr herum, so daß wir beide uns ganz nahe gegenüber standen. Ich konnte ihre plötzliche Nähe von gerade einmal zwei Handbreiten kaum als Realität auffassen. Im ersten Moment glaubte ich, es könnte einfach nicht Schwester Tana sein, die mit einem irgendwie veränderten Blick so nah vor mir stand. Diese Situation löste bei mir augenblicklich eine starke Verlegenheit aus, bei der mir erst recht zu Bewußtsein kam, nur ein Gefangener zu sein, dem eine derartige Nähe zum Vorgesetzten nicht erlaubt war. Aber Schwester Tana störte dies scheinbar nicht im geringsten.

Ich weiß nicht, was alles in mir vorging, als sie dann nach einigen Sekunden, in denen ihre schmalen, schwarzen Augen in meinem Gesicht etwas zu suchen schienen, ihre Arme von meinem Oberkörper löste und über meine Schultern legte, und mich mit einer Heftigkeit, ja mehr Wildheit zu küssen begann. Wie viele Minuten lang, weiß ich nicht mehr. Ich weiß auch nicht, warum sie gerade mich, einen Kriegsgefangenen, mit einer solch wilden Zärtlichkeit nur so überhäufte.

Dann löste sie sich von mir, und wir standen noch einen Moment voreinander. Bei Tana war nicht die geringste Spur von Verlegenheit zu erkennen, wohl aber glaubte ich ein leichtes Schwitzen bei ihr zu bemerken. Aber noch etwas sah ich, was mir bisher noch gar nicht so aufgefallen war. Ich entdeckte ihr mongolisches Aussehen als eine exotische Schönheit. Besonders ihre pechschwarzen Haare, die sie im Hospital stets hochgesteckt trug, reichten jetzt aufgelöst lang und seidig glänzend bis hinab zu ihren Schultern.

Ich würde lügen, wenn Schwester Tanas Gefühlsausbruch, der mehr einer Befreiung aus einem Zärtlichkeitsnotstand gleichkam, nicht auch bei mir Glücksgefühle hervorrief, auf die ich nun schon jahrelang verzichten mußte. Schon deshalb war das Erlebnis mit Schwester Tana für mich eine besondere seelische Wohltat, erst recht bei dieser intensiven Wildheit, die die fast schon erstorbenen Lebenslustgefühle wieder erwecken ließ.

Leichtfüßig und mich noch einmal anlächelnd hatte sie sich dann aus dem Stall entfernt. Ich nahm die letzten Bretter vom Boden auf und nagelte sie an. Jetzt waren nur noch die Sitzlatten für die Hühner zu befestigen. Sie lagen schon vor der Tür. Ebenso die Bretter, aus denen ich die Legekisten zimmern sollte. Es stimmte mich jetzt um so trauriger, daß ich nur noch ein paarmal hierhin kommen würde, dann war ich mit allem fertig. Und während meiner wehmütigen Gedanken hörte ich es aus dem Garten rufen: „Golzem, iddi sudda". Es war wieder einmal Zeit, zurück zum Hospital zu gehen.

Schwester Tana hatte wieder ihr buntes Kleid gegen den weißen Kittel gewechselt, wie an den anderen Tagen auch. Aber wenn sie ihren Blick zu mir hinwandte, während wir wie immer unsere Sprachkenntnisse aufbesserten, schaute sie mich anders an als sonst. Nur noch dreimal ging ich mit Schwester Tana nach Hause. Während ich im Hühnerstall arbeitete, kam sie jedesmal zu mir, manchmal auch zweimal. Aber es blieb immer nur bei einem für mich ungewöhnlich leidenschaftlichen Küssen, wobei es mir unzweifelhaft erschien, daß sie allein die aktivere Rolle einnehmen wollte. Auch deshalb wurde es mir nicht weniger warm ums Herz. Ich vergaß urplötzlich meine schreckliche Situation, ein verhaßter Gefangener zu sein, und lebte statt dessen aus, wonach sich besonders ein Jugendlicher naturbedingt sehnt.

Ich zog noch einige Male zusammen mit Schwester Tana meinen Medikamentenwagen von Saal zu Saal und kippte den kranken Kameraden die Pülverchen mit etwas Wasser in den Mund. Ich half ihr beim Verbinden und bestrich mit komisch riechender Salbe die von Krätze befallenen Körperstellen vieler Kranker. Und die TBC-Station betrat ich immer noch mit ein wenig Sorge.

An einem Nachmittag wurde ich in Raum Nr. 29 gerufen, welcher sich auf der ersten Etage des Hospitals befand. Mir war bekannt, daß dort die Medikamente vorbereitet wurden, aber auch manchmal von den beiden Ärztinnen Untersuchungen vorgenommen wurden. Auf mein Anklopfen hin hörte ich „da, da". Nach meinem Eintreten sah ich die beiden Ärztinnen bereits dort sitzen. Am langen Medikamentenschrank war Tana beschäftigt.

Die Ärztinnen ließen mich meine lange Wolldecke ablegen und das Hemd darunter ausziehen. Weil ich schon so oft in den letzten Jahren bei Untersuchungen zur Feststellung der Arbeitsklasse eins, zwei, drei oder arbeitsunfähig immer nackt vor die Kommission treten mußte, hatte ich auch keine Hemmungen, mich von den beiden Ärztinnen pudelnackt untersuchen zu lassen. Trotzdem berührte es mich, als ich dabei zu Tana hinüber schaute, um gleichzeitig ihren vollen Blick zu mir hin zu erhaschen. Mit den bloßen Fingern betastete nun die Ärztin, die von uns Gefangenen wegen ihrer zierlichen Figur und ihrer besonders zarten Stimme „Rehlein" genannt wurde, meine zurückgegangene Mumpsschwellung. Aber auch ohne die geringste Hemmung den linken Hoden, der infolge einer außergewöhnlich schmerzlichen Hodenverdrehung sich bis zu einem Minimum zurückgebildet hatte. Währenddessen beriet sie sich offenbar mit ihrer Kollegin, der etwas kräftiger gebauten, schwarzhaarigen jüdischen Ärztin, die von uns „Mona Lisa" genannt wurde. Wegen meiner bescheidenen Russischkenntnisse verstand ich nicht viel. Jedoch die Worte „Raborta Kategorie dri" verstand ich: Arbeitskategorie drei. Das bedeutete, daß ich einen halben Tag arbeiten sollte, und zwar im Arbeitslager. Jetzt wußte ich es endgültig, daß heute einer der letzten Tage für mich hier im Hospital sein würde.

Rehlein und Mona Lisa verließen den Raum. Ich zog mir mein Hemd wieder an, schlug mir die Wolldecke um und ging zur Tür. Aber Tana war schneller. Ihre leise Annäherung hatte ich nicht einmal bemerkt. Jetzt standen wir uns gegenüber. Sie mit dem Rücken gegen die Zimmertür, ich vor ihr. Ich sah in ihr Gesicht, sah wie ihre stark ausgeprägten Wangenknochen, direkt unter ihren schmalen Augen, naß waren und wie weitere Tränen darüber perlten. Ich dachte nicht darüber nach, was geschehen würde, wenn jetzt eine Ärztin oder Schwester den Raum betreten würden und uns beide erblickten. Denn mittlerweile hatten Tanas Arme meinen Nacken umfaßt, und sie schluchzte an meiner Schulter. Sicherlich war Tana sich der schlimmen Folgen bewußt, für sie und auch mich. Straflager oder gar Sibirien hätte auf uns zukommen können.

Dann aber zog sie mich ganz dicht an sich heran, so nah, daß ich in meinem Gesicht ihre tränennassen Wangen spürte. Sie küßte mich in der mir vertrauten Leidenschaftlichkeit, riß sich schließlich wieder los und entfernte sich die wenigen Schritte zum Medikamentenschrank. Ich aber drückte auf die Türklinke, ging wie benommen nach draußen auf den Gang und blieb dort für eine Weile stehen. Es machte mir große Mühe zu verstehen, was mit mir soeben geschehen war.

Auch Tana wußte, daß ich jetzt das Hospital verlassen würde. Daß sie sich in mich als Kriegsgefangenen verliebt hatte, war mir spätestens bei ihr zu Hause klar geworden. Aber daß sie mir solche starken Gefühle entgegenbrachte, obwohl ihr nicht nur die Hoffnungslosigkeit, sondern auch die Gefährlichkeit eines solchen Verhaltens bewußt sein mußte, beunruhigte mich aufs Äußerste.

Bis zum letzten Tag half ich Schwester Tana beim Medikamentenausteilen. Und immer wieder, wenn sie mir die einzelnen Arzneidosierungen in meine Hand legte, drückte sie diese für einen Augenblick lang und schaute mich dabei mit einem kurzen Augenaufschlag an.

Dann stand der Lastwagen vor der Rampe des Hospitals, mit dem ich zusammen mit zwölf weiteren Kameraden in das etwa zwanzig Kilometer entfernte Arbeitslager transportiert werden sollte. Wir betraten die Ladefläche, und die meisten setzten sich sogleich darauf nieder. Ich aber war noch stehen geblieben und blickte entlang der Gebäudefront, irrte mit meinen Augen von Fenster zu Fenster. Dann sah ich in etwa zwanzig Meter Entfernung das offene Fenster des Medikamentenraumes. Einige Schritte weiter zurück stand Schwester Tana. In dieser Entfernung wirkte sie so klein auf mich, fast wie eine Puppe war sie anzusehen. Kein Winken, keine Bewegung von ihr konnte ich erkennen. Es hätte auch nicht sein dürfen. Ich versuchte mir vorzustellen, was jetzt in ihr vorging.

Der Motor des Lastwagens bullerte auf, und wir fuhren langsam aus dem Hof des Hospitals.

Ich schwieg. Aber Melanie fragte nach: „Schade! Geht es nun nicht mehr weiter? Hast du die Tana nicht mehr wiedergesehen?"

Etwas nachdenklich fuhr ich fort.

Doch! Fünfzehn Monate später. Es war damals ein ganz besonders heißer Spätsommer. Noch immer konnten ich und bestimmt auch die anderen über zwanzig Kameraden – wiederum auf der Ladefläche eines Lasters – nicht glauben, daß wir aus der Gefangenschaft entlassen werden sollten. Wir ließen uns über eine holperige Straße durch das zerklüftete Kaukasusgebirge schaukeln und waren froh über jeden Luftzug, der uns streifte. Aber weniger froh waren wir über die Schlaglöcher, die nicht von der Ladefläche abgedämpft werden konnten und sich daher schmerzhaft auf unsere entfleischten Gesäßknochen auswirkten. Es war klar, daß wir während der ganzen Fahrt nach einem Bahnhof mit Waggons und Lokomotive Ausschau hielten, unserem Transportzug also. Aber wir konnten keinen ausmachen. Statt dessen hielten wir vor einem größerem Gebäudeblock an. Es war das Gefangenenhospital, das mir mehr als nur gut bekannt war. Einige Meter vor dem Hauptgebäude, genau gegenüber dem Entlausungstrakt und dem begrünten Holzplatz, ließ man uns mit einem „Dawei, Dawei" vom Laster herunterkraxeln. Dann übernachteten wir im Hospitalbereich.

Am nächsten Tag traf ich Tana tatsächlich wieder. Bei der Entlausung musterte mich der russische Offizier hinter einem kleinen Tisch zunächst mit teilnahmslos kühler Miene. Dann fragte er mich nach meinem Namen und dem Namen meines Vaters, weiter nach meinem Dienstgrad sowie nach meiner ehemaligen Division und dem Regiment. Alles Fragen, die mir während der letzten Jahre schon zigmal gestellt worden waren. Schließlich sagte er „charascho" und zeigte mit seiner Hand auf einen jungen russischen Soldaten. Was ich sah, gefiel mir gar nicht, denn vor dem auf einem Schemel sitzenden Soldaten lag bereits ein kleiner Haufen Utensilien, die wir Gefangene immer bei uns trugen, meist im Brotbeutel, oft auch geschickt versteckt. Dazu gehörten vor allem Fotos von den Angehörigen, Andenken, ein Talisman und auch mal nur eine Spiegelscherbe oder ein Bleistift, den man meist mangels Papier doch nicht gebrauchen konnte.

Während nun auch mein zweckentfremdeter Brotbeutel von dem jungen russischen Soldaten „platt gemacht" wurde und ich mit Schrecken sah, wie meine jahrelang gehüteten Fotos zu den anderen auf den Haufen vor den Schemel flatterten, kam plötzlich Tana zur Tür herein. Ihr Anblick erfreute und erschrak mich gleichermaßen. Sie trug zwei Entlausungsringe mit Unterwäsche in den Händen, blickte grüßend zu dem Offizier hinüber, dann zu dem jungen Soldaten, der gerade eines meiner Fotos ansah und dann zu den anderen auf den Boden warf. Der Soldat erhob sich mir zugewandt mit einem „iddi sudda", und ich folgte ihm in den offen stehenden Nebenraum. Er schätzte meine Körpergröße ab, griff in einen Stapel blauer Hosen und Jacken und warf mir je eines der Kleidungsstücke zu. Es gelang mir nicht, sie zu fangen. Sie fielen neben mich auf den Boden. Ich drehte mich zur Seite, um sie aufzuheben. Und jetzt sah ich, wie Tana im Begriff war, den Entlausungsraum wieder zu verlassen, dabei ganz unauffällig auf den Haufen der abgelegten Utensilien zusteuerte und blitzartig eines oder mehrere der obenauf liegenden Fotos an sich nahm. Auf der Türschwelle blieb sie stehen mit den Worten: „Skora dameu Golzem!" („Bald nach Hause, Holzem!")

Sie wechselte mit dem Offizier ein paar Worte, die ich aber nicht verstehen konnte. Ich nahm an, daß sie ihm von meiner Mithilfe im Hospital erzählte, denn dieser schloß mit den Worten „charascho, charascho, passiver!" ab, was soviel hieß wie „gut, gut, danke!".

Unter meine Heimkehrfreude mischte sich jetzt ein wenig Verbitterung. Ich sah Tana, wie sie – sich mehrere Male umdrehend – langsam in Richtung Hauptgebäude verschwand. Für einen kurzen Moment blieb sie noch stehen. In welcher

Zeit lebe ich nur, dachte ich mit einem inneren Groll bei mir. Nicht einmal zum Abschied zuwinken durften sich zwei „Feinde", die zu echten Freunden geworden waren. Und bei Tana war es ganz bestimmt mehr.

Ich hatte meine Geschichte zu Ende erzählt. Es war spät geworden und wir gingen alle nach und nach zu Bett.

Noch viele Jahre und Jahrzehnte lang versuchte ich, manch schlimmes Gefangenschaftserlebnis aus meinem Gedächtnis zu verdrängen. Aber wie ein Bumerang kehrte vieles immer wieder in meine Erinnerung zurück. Besonders oft aber führte mich meine gedankliche Rückblende in das Gefangenenhospital im Kaukasus zurück. Es stellte sich nämlich heraus, daß diese Zeit um 1946 tiefgreifende Spuren nicht nur in meiner Erinnerung, sondern mit ziemlicher Sicherheit auch in meinem Körper, genauer gesagt in meinen Nieren, hinterlassen hatte. Dreißig Jahre später wurde ich wegen meiner Beschwerden in der Bauchregion untersucht. Während ich in einer schwenkbaren Durchleuchtungskammer stand und einen nicht besonders gut schmeckende Kontrastbrei trank, fragte mich einer der beiden untersuchenden Ärzte: „Haben Sie schon mal eine Tuberkulose gehabt?"

„Nein", gab ich zur Antwort.

„Da ist aber einmal etwas gewesen", meinte der Arzt.

Er unterhielt sich weiter mit seinem Kollegen, und ich hörte, wie sie im Nierenbereich offenbar eine Verharschung oder ähnliches ausmachen konnten. Da ich aber eigentlich nur wegen regelmäßig einsetzender Bauchschmerzen zur Untersuchung da war, verfolgte man den zusätzlichen Befund offenbar nicht weiter.

Wieder Jahre später fand eine Röntgenuntersuchung statt. Dabei wurde rund um die rechte Niere ein Schatten festgestellt. Dieses deutete auf eine Tuberkulose-Infizierung hin.

Es wurden daraufhin Kulturen angesetzt und nach sechs Wochen kam das für mich niederschmetternde Ergebnis aus Trier zurück: Meine Niere war vom Tuberkulose-Bazillus befallen.

Sofort wurde mir für die Dauer eines Jahres jegliche Arbeit verboten. Ich hatte zwei Jahre lang jeden Morgen dreiundzwanzig Tabletten einzunehmen. Zum Glück war danach die eigentliche Krankheit besiegt. Jedoch mußte später die befallene Niere entfernt werden.

Übereinstimmend gaben mir ein Sanatoriumsarzt in Gersfeld/Röhn und ein namhafter Urologie-Professor die Auskunft, daß die Ansteckung meiner Niere viele Jahre vor dem Ausbruch der Krankheit stattgefunden haben kann. Etwa auch 1946, während meiner monatelangen Betreuung der TBC-Kranken im Gefangenenhospital im Kaukasus. Es sei fast typisch für diesen Bazillus, daß er sich zunächst insbesondere in Weichorganen verkapselt, um dann viel später auszubrechen.

Meine linke Niere tat weitere sechzehn Jahre als Einzelniere ihren Dienst. Doch nach einer schweren Entzündung, ausgelöst am Sommeranfang 2000, ließ auch sie in ihrer Funktion bedenklich nach. Eine regelmäßige Blutwäsche wurde nun unumgänglich. Seit August 2003 ist sie für mich Realität.

Und um nun die vielen Stunden im Dialyse-Zentrum noch zusätzlich etwas zu nutzen, begann ich dort das Manuskript dieses Buches zu schreiben. Es half mir aber auch, meine Erlebnisse aus der für mich schicksalhaften Zeit nach dem Krieg aufzuarbeiten.

Ein Abschied, ein Geständnis

Als ich meiner Kölner Gastfamilie dann sonntags sagte, daß ich am nächsten Morgen wieder nach Hause fahren würde, stieß ich auf etwas Unverständnis. Walter meinte, ich hätte doch mit Vera soviel aus der Eifel angeschleppt, daß kein Ernährungsnotstand eintreten könne. Allerdings wunderte ich mich über Vera, die mir vorschlug, schon ziemlich früh am Montagmorgen mit ihr zum Bahnhof zu fahren. Ich zügelte meine Neugier und fragte nicht nach, warum so früh.

So standen wir anderen Morgen in der Straßenbahn Richtung Hauptbahnhof. Einen Sitzplatz hatten wir nicht bekommen, die Bahn war ziemlich voll. Wir standen schweigend beieinander, inmitten vieler anderer Fahrgäste, die einen betrübten Eindruck auf mich machten. Am Hauptbahnhof hakte sich Vera bei mir ein, steuerte forsch auf den Fahrkartenschalter zu und gab dem Schalterbeamten meinen Heimatbahnhof an. „Rück- oder Einfachfahrkarte?", fragte der Beamte.

„Einfach", gab sie zurück, wobei sie mich nachdenklich anschaute.

Nachdem ich das Fahrgeld, so um die zehn Reichsmark, auf den Drehteller des Schalters gelegt hatte, dachte ich bei mir, wie verrückt es doch sei, daß man für nicht einmal den Preis von zwei Zigaretten mit der Eisenbahn hundert Kilometer weit fahren konnte. Was war daran normal? Vielleicht der Fahrpreis – aber dann stimmte etwas mit dem Geld nicht!

Während ich noch darüber sinnierte, stieß mich Vera kopfschüttelnd an: „Was ist denn mit dir los? Du bist ja ganz abwesend!"

Ehe ich antworten konnte fuhr sie fort: „Laß uns noch ein

wenig herumbummeln, du mußt ja nicht unbedingt gleich den nächsten Zug in die Eifel nehmen. Warum sollen wir uns so abrupt verabschieden?"

Ich sah Vera an und war gar nicht abgeneigt, ihr diesen Wunsch zu erfüllen. Trotzdem bemerkte ich etwas zaudernd: „Das Wetter draußen ist heute aber nicht gerade einladend, so neblig und trübe."

„Na und!? Sieht es denn bei uns nicht auch so ähnlich, so betrübt aus?"

Ich fühlte mich geschlagen, wenn auch in angenehmem Sinn.

Langsam schlenderten wir dann, uns vom Hauptbahnhof entfernend, die Straße entlang. Vera hatte sich jetzt fest bei mir eingehakt, fast so, als wollte sie sich an meiner Nähe erwärmen. Viel konnten wir nicht miteinander reden, es war auf der Straße einfach zu laut zu dieser morgendlichen Zeit. Doch beinahe ohne daß ich es bemerkte, geleitete Vera uns in eine ruhigere Seitenstraße hinein. Nach einer kurzen Wegstrecke blieb Vera dann unvermittelt stehen und wandte sich zu mir hin. Ich bemerkte ein leichtes Zucken in ihrem hübschen Gesicht. Mit stockender Stimme kam sie dann heraus: „Oh Baddy, es ist mir was ganz Schlimmes passiert, etwas, was niemals jetzt geschehen durfte. Ich traue mich fast nicht, es dir zu sagen. Aber es ist passiert, ohne daß ich etwas dagegen hätte tun können. Und die Liebe zu meinem Leo hat nicht darunter gelitten. Es wird auch dabei bleiben, daß, wenn er noch leben und heimkehren sollte, er mein Mann sein wird. Aber ich finde es trotzdem sehr schlimm, daß ich mich nun auch in dich verliebt habe. – Kannst du das verstehen, daß ich Leo und auch dich liebe? Ist es nicht für ein Mädchen extrem unnormal, öffentlich wie auch im innersten fest verlobt zu sein, und dann beinahe die gleiche innere Verbundenheit zu einem weiteren Menschen zu empfinden? Und jetzt, wo ich mir den Mut gefaßt habe, dies dir zu gestehen, belastet es mich zusätzlich, daß auch du etwas für mich empfindest! Wie soll ich bloß damit fertig werden?"

Vera hatte mich jetzt fest umarmt. Schweigend gingen Passanten an uns vorbei. Für sie war es bestimmt nichts besonderes, ein fremdes, eng aneinander geschmiegtes Pärchen zu sehen. Auch ich schwieg zunächst und glaubte, damit Vera erst einmal zu beruhigen. Ihr Gefühlsausbruch war für mich nicht ganz überraschend gekommen. Dann versuchte ich ihr mit besänftigenden Worten zu erklären, daß es keineswegs so schlimm und schon gar nicht unnormal sei, trotz Verlobtsein auch noch jemanden anderen zu lieben. Sie blickte mich danach traurig an und sagte mit halblauter Stimme: „Laß uns wieder zurück zum Bahnhof gehen."

Und mit noch leiserer Stimme fügte sie hinzu: „Nein, nein, in welch eine Zeit sind wir doch hineingeboren worden, und wie wird wohl letztendlich die Zukunft für uns aussehen?"

Veras Frage machte auch mich nachdenklich. Die zerbombten Häuser rechts und links der schmalen Seitenstraße wirkten wie eine traurige Bestätigung für Veras Besorgnis.

Wir bogen wieder auf die lautere Straße in Richtung Bahnhof ein, unterhielten uns dabei aber kaum. Nicht, weil ein Gespräch in diesem Straßenbereich anstrengender gewesen wäre. Ich glaube eher, daß Veras Geständnis der Grund dafür war. Wie eine innere Befreiung müssen sich ihre offenen Worte für sie selbst ausgewirkt haben.

Der Bahnhof kam näher. „Sollen wir noch kurz in den Dom gehen?", fragte ich Vera und bereute es zugleich.

Ruckartig drehte sie sich ärgerlich zu mir hin: „Du glaubst wohl nicht, daß ich dort hineingehen werde. Wo ein Gott verehrt wird, der soviel Leid zugelassen hat und an den ich nicht mehr glaube!"

„Einerseits machst du Gott für alles Schlimme verantwortlich, andererseits beteuerst du, nicht mehr an ihn zu
glauben", widersprach ich. „Wie kannst du jemanden beschuldigen, der gar nicht existiert?"

Ich nahm an, daß sie zwar noch an einen Gott glaubte, es
aber nicht vor sich selbst eingestehen wollte.

„Du brauchst Zeit, um mit dir ins Reine zu kommen",
versuchte ich das Thema abzuschließen. „Und Zeit ist es
auch, die mir jetzt wegläuft. Ich verpasse noch meinen Zug
in die Eifel."

Vera lachte und meinte: „Na und, was wäre daran so
schlimm. Sei doch ehrlich, an Zeit kann es dir doch jetzt
nicht fehlen. Arbeiten kannst du sowieso noch nicht zu
Hause."

Während wir auf die Bahnhofshalle zugingen, antwortete
ich Vera nachdenklich: „Ja, du hast schon recht. Vergiß aber
nicht, daß ich erst vor zwei Monaten nach vielen Jahren
wieder nach Hause gekommen bin. Da spürt man einfach
innen drin, ohne etwas dagegen tun zu können, einen
Drang heimzukehren."

Auf dem Bahnsteig erfuhren wir, daß es noch eine knappe
Stunde bis zur Abfahrt meines Zuges dauern würde. Einer
der letzten, trüben Oktobertage wirkte sich unter der noch
vom Krieg gezeichneten Bahnsteigüberdachung doppelt
drückend aus. Und es schien mir, daß die kühle Witterung
Vera beinahe frösteln ließ, so eng angeschmiegt ging sie mit
mir den Bahnsteig auf und ab. Dann fragte sie unvermittelt:
„Baddy, wann kommst du wieder nach Köln, vielleicht an
Weihnachten?"

Fast erschrocken blieb ich stehen: „Nein, nein Vera, diesen
Wunsch kann ich dir beim besten Willen nicht erfüllen.
Stell dir vor, in den letzten sieben Jahren bin ich nicht ein
einziges Mal an Weihnachten zu Hause gewesen. Vier Jahre
als Soldat und drei Jahre als Gefangener! Da möchte ich

doch endlich Weihnachten wieder einmal zu Hause erleben."

Mir kam ein Gedanke: „Ich könnte doch an Silvester und Neujahr euch und dich besuchen!"

Vera schlang ihre Arme um meine Schulter und küßte mich in heller Freude.

Die Zeit verging schnell, mein Zug fuhr ein. Noch einmal schien es, als wolle Vera mich fast erdrücken, bevor sie sich losriß und ich in den Zug einstieg. Sofort ging ich ans Fenster und ließ es herunter. Vera blickte zu mir hoch und wirkte jetzt tränenverweint ganz verändert auf mich. Sie konnte kaum noch ein Wort mit mir sprechen. Doch dann ließen ein Pfeifton und die hochgezogene Kelle des Zugleiters ohnehin keine weiteren Worte mehr zwischen uns beiden zu. Und ich sah jetzt, wie Vera sich langsam von mir entfernte, immer kleiner und kleiner wurde und das weiße Taschentuch in ihrer winkenden Hand bald nicht mehr zu erkennen war. Und mir schien es plötzlich ganz miserabel flau zu werden, überraschte mich selbst dabei, daß ich immer noch winkte, obwohl ich Vera längst nicht mehr sah.

Gedankenverloren zog ich das Abteilfenster wieder hoch und ließ mich auf der Sitzbank nieder. Ich weiß nicht, wie lange ich in mich gekehrt dagesessen habe. Aber ich ertappte mich plötzlich dabei, wie ich mich zur Seite wandte, um mit Vera reden zu wollen. Dann erst nahm ich wahr, daß sie gar nicht bei mir war. Und traurig wurde mir bewußt, daß jeder Räderschlag auf den Schienen mich weiter von Köln und besonders von Vera wegbrachte.

Erkenntnisse –

ein neuer Anfang nach dem Ende

Nun war ich schon wieder über vierzehn Tage zu Hause. Und wenn ich bis dahin geglaubt hatte, mein Überleben des Krieges und der Gefangenschaft würde auch mein optimistisches Zukunftsdenken beflügeln, so hatte ich mich geirrt.

Zwar begann immer noch mein Tag damit, daß ich aufwachte und froh feststellen konnte, in einem richtigen, weichen Bett geschlafen zu haben, und daß mich kein Alptraum über die vergangenen Jahre gequält hatte. Das schönste Glück aber blieb immer noch das Gefühl, als freier Mensch die Heimat wiedergesehen zu haben. Doch an manchen Tagen stimmte mich vieles traurig. Der große, elende Krieg war vorbei, und man hätte meinen sollen, er hätte die Menschen besser zusammengeschweißt oder wenigstens angeregt, stärker zueinander zu stehen. Aber davon spürte ich leider kaum etwas. Am meisten bestürzte mich eine Begebenheit einige Wochen nach meiner Rückkehr aus Köln.

Im Auftrag der französischen Militärregierung kamen sieben Lastwagen in unser Dorf gefahren. Sie sollten alle mit Kartoffeln beladen werden. Doch das Jahr 1947 war ein trockenes Jahr gewesen, und die Kartoffelernte daher schlecht ausgefallen. Nur einer der Lastwagen konnte mit Kartoffeln halbwegs voll beladen werden. Das Beschämende daran war, daß die einzige Kartoffelmiete am Ortsrand von einem Berufskollegen verraten wurde. Ich hätte ihn dafür am liebsten für sein Leben lang gestraft. Aber ich hielt den Mund. Warum? Vielleicht deshalb, weil ich mich durch das eingefleischte Mundhalten der letzten Jahre schon an ein solches Verhalten gewöhnt hatte?

Das Ende der Aktion sah dann so aus, daß der Leiter des

Kartoffel-Kommandos von jedem Gemeinderatsmitglied eine Kuh aus dem Stall herausholen und mit den anderen Lastern abtransportieren ließ.

Die Ernährungslage war in Deutschland ähnlich miserabel, wie ich sie in Rußland erlebt hatte. Nur mit dem Unterschied, daß der Schwarzmarkt in Rußland öffentlich war. Auf dem Basar konnte man gegen Rubel oder Ware tauschen, was man nicht von den Behörden zugeteilt bekommen hatte. In Deutschland hingegen war man auf das verbotene Hamstern angewiesen.

Eigentlich hatte ich mir nach meiner Heimkehr so vieles anders vorgestellt. Von manchem war das schroffe Gegenteil des Erhofften oder Erträumten eingetreten. Und von der viel gepriesenen soldatischen Kameradschaft war schon seit der Gefangenschaft kaum mehr etwas zu spüren gewesen. An ihre Stelle hatte sich der blanke Egoismus wie eine Epidemie ausgebreitet. Und auch Idealismus schien zum Fremdbegriff geworden zu sein.

So lebte ich in einer persönlichen Unzufriedenheit, mehr noch in einer inneren Zerrissenheit in den Tag hinein. Körperliche Belastung war mir vom Kreisarzt strengstens verboten worden. Bauer zu werden, hatte ich mich entschlossen. Und zwar hauptsächlich deshalb, weil ich als einziges Kind meine Eltern nicht enttäuschen wollte. Sie hatten den landwirtschaftlichen Betrieb unter schwierigen Bedingungen aufgebaut. Ja selbst jeden einzelnen Mauerstein hatte mein Vater aus einem nahe gelegenen Steinbruch herausgebrochen. Die Steine waren dann mit dem Kuhgespann zur Hofbaustelle transportiert worden. Auch jede Schaufel Sand und Kalk für den Mörtel zum Bau des Stalles, der Scheune und zum Aufstocken des Hauses wurde von ihm so herangeschafft.

Deshalb hätte ich mir nie vorstellen können, einen anderen Beruf zu ergreifen. Die Plagerei meiner Eltern wäre damit umsonst gewesen. Und daß ich bereits fünf Wochen nach meiner Heimkehr einen inneren Drang verspürte, die Stadt Köln aufzusuchen, lag zum einen daran, daß mich mit ihr so viel Unvergeßliches verband. Zum anderen hoffte ich, mit meinen Nachforschungen nach Lia meine augenblickliche, sehr traurige psychische Verfassung vielleicht positiv zu beeinflussen.

Der Auslöser meines Gemütstiefs war das Telefonat mit meiner Verlobten Erika gewesen, just am Entlassungstag. Erika hatte ihrer Mutter das Versprechen gegeben, nach ihrer Heirat in der Nähe zu bleiben. Und da waren die fünfhundert Kilometer zwischen Bodensee und Eifel wohl oder übel zuviel. Vielleicht lag es auch an unserer sehr schnellen Verlobung. Oder an unseren Mentalitätsunterschieden. Vielleicht hatte ihr auch ihre zukünftige Heimat nicht zugesagt, in der sie mit mir drei Wochen Urlaub verbracht hatte. Wie dem auch war, sicher war nur, daß mich die Eröffnung meiner Verlobten geschockt und meine Heimkehrfreude gedämpft hatte.

Zum ersten Mal in meinem Leben stand ich vor einer sehr ernsten Entscheidung, die sich auf mein zukünftiges Leben prägend auswirken würde. Und zum zweiten Mal in meinem Leben fühlte ich mich als ein Gefangener. Aber diesmal waren es nicht die hoch erhobenen Hände, die mich zum Gefangenen des Feindes machten. Diesmal war es die fordernde Bitte eines versprochenen Menschen, eines Herzens, die mich zum Gefangenen der Liebe machte. Oder war es doch keine wirkliche Liebe, die diese Bitte an mich stellte und sie sogleich mit der Konsequenz des vollkommenen Verzichtes verband?

Und wie war es mit mir? Konnte ich oder wollte ich meine alten Eltern auf ihrem hart erarbeiteten Hof nicht alleine lassen? Wie sah es mit meiner Liebe zu Erika aus? War sie stärker als eine materielle und moralische Verpflichtung? O

Gott, was für eine Zwickmühle! Wie sollte ich mich daraus wieder befreien?

Ich befreite mich. Und diesmal war auch bei mir das Blut dicker als eine zweifelnde Liebe. Zweifelnd war sie wohl, sonst hätte sich weder bei Erika noch bei mir ein „oder" ergeben.

Aber jetzt, nach meinem Aufenthalt in Köln, da ich über so vieles nachdachte, auch was ich mit Vera erlebt hatte, kam mir der fast absurde Gedanke: Eigentlich müßte ich jetzt bei Erika in Öhningen sein. – Ein Zeichen dafür, daß unsere Trennung bei mir noch nicht zur Realität werden wollte. Ich stellte mir gleichzeitig mit innerer Bitternis die Frage: Was zum Teufel kann ich in meinem bisherigen Lebensablauf eigentlich als „normal" bezeichnen?

Meine erste Liebe war schon wegen ihrer Einseitigkeit unnormal. Und war vielleicht die Liebe zu Lia normal, bei der ich zu feige war, mich gegen die Übernahme aus der Hitlerjugend in die NSDAP zu weigern? War es vielleicht normal, daß eine Verlobung zur Farce wurde, weil es ein Versprechen gab, das ein unüberwindbares Hindernis von fünfhundert Kilometern darstellte? Auch war es keinesfalls normal, daß aus der Freundschaft mit Vera eine Liebe erwuchs, für die es von Anfang an keine Zukunft gab, weil Vera fest an die Heimkehr ihres Verlobten glaubte.

Doch das extrem Unnormalste und für mich Unbegreifliche war, daß die russisch-mongolische Krankenschwester Tana das höchst gefährliche Risiko einging, sich mir körperlich heruntergekommenem Kriegsgefangenen zu nähern und ihre Verliebtheit heimlich, dafür aber um so heftiger auslebte.

Und schließlich konnte es auch nur unnormal sein, daß ich, um meine Eltern nicht zu enttäuschen, mich dazu entschloß, Bauer zu werden, obwohl ich ein solcher niemals werden wollte.

Nur nach und nach kam wieder Optimismus in mir auf. Ich unterließ meine Selbstbemitleidungen und besann mich darauf, daß es fruchtbarer sei, diese meine Vergangenheit als Erfahrung zu betrachten und mir nicht von ihr meinen Blick in die Zukunft trüben zu lassen. Es mag zwar schwer zu verstehen sein, wenn ich sowohl das Schöne als auch das Schlimme aus meiner Vergangenheit als eine Bereicherung für mein Leben empfinde. Aber prägt nicht auch ein schreckliches Erlebnis die eigene Persönlichkeit, das Denken und die Lebensauffassung? Es kann sich doch positiv belehrend auf den nachfolgenden Lebensabschnitt auswirken. Nicht weniger positiv als auch das Glückliche, das Schöne aus der Vergangenheit.

Um mich all diesen Gedanken nicht zu sehr auszusetzen, unternahm ich täglich eine kleine Wanderung. Ja, ich flüchtete förmlich aus der Enge des Wohnhauses und des Dorfes in die freie herbstliche Natur. Entlang der bereits abgeernteten Felder, kreuz und quer durch den Wald. Und bald war mir die heimatliche Umgebung besser bekannt, als es vorher je der Fall gewesen war. Wie hätte ich mich auch früher mit all dem Schönen in der hiesigen Natur beschäftigen sollen? Bis zu meinem vierzehnten Lebensjahr gehörte die meiste meiner Zeit der Schule. Die Zeit danach bis siebzehn dann der Hitlerjugend. Anschließend arbeitete ich in der Nähe von Köln und im Bergischen in landwirtschaftlichen Lehrbetrieben. Und meine Freizeit gehörte dann meiner Freundin Lia. Was nach zwanzig auf mich zugekommen ist, lag fernab der Heimat. Es war der Krieg, der meine Jugend auffraß, und die anschließende Gefangenschaft, die dann endgültig das noch verbliebene Stückchen Persönlichkeit zerstörte.

Mittlerweile war es Winter geworden. Meine Ausflüge in die Umgebung wurden weniger. Zusammen mit meinen Eltern und den beiden Pflegekindern Maria und Karl-Heinz

Depuhl feierte ich ein sehr bescheidenes Weihnachtsfest 1947. Außer auf Bezugsschein und Lebensmittelmarken hatte man nichts erwerben können. Da sah es schlecht aus mit Geschenken. Wie gut, daß wenigstens die Möglichkeit bestand, die Zucker-, Mehl- und Kakaomarken so umzusetzen und zu veredeln, daß daraus knusperige Plätzchen gebacken werden konnten. Aber das Schönste und Rührendste für mich war der prächtige Weihnachtsbaum mit der Krippe. Hierfür war kein Bezugsschein notwendig gewesen. Die Glaskugeln und die Krippenfiguren waren dieselben wie vor acht Jahren, als ich das letzte Mal zu Hause Weihnachten gefeiert hatte. Nur die Kerzen wird meine Mutter von irgendwo her besorgt haben.

In den nächsten Tagen zündete ich selbst tagsüber die Weihnachtsbaumkerzen an. Es war eine wunderbare Stimmung, in die ich mich dann versetzt fühlte. Ich wurde mir so richtig meines Glückes bewußt, nach den vielen irrsinnigen Jahren und Entbehrungen die Heimkehr aus meinem Innersten heraus genießen zu können.

Die Tage der Weihnachtszeit vergingen wie im Flug. Der Silvestermorgen war angebrochen, und ich löste mein Versprechen ein, das ich Vera gegeben hatte. Kurz nach Mittag saß ich im Zug und dampfte in des Wortes wahren Sinn in Richtung Köln.

Das alte Jahr 1947, das für mich persönlich ein frohes Ende einer schrecklichen Zeit gebracht hatte, verabschiedete sich mit einem trüben, letzten Dezembertag. Die Natur war kahl und farblos geworden, keine Schneedecke erhellte die Landschaft. Und der Zug fuhr, so schien es mir, besonders träge auf die Stadt zu, die ich gerade heute schnell erreichen wollte. Fast hätte man annehmen können, er wolle mit seinem Schleichtempo den Wechsel des alten Jahres in das Neue förmlich hinauszögern.

Doch dann sah ich den Dom. Und bald befand ich mich

im Getümmel des Hauptbahnhofes. In dessen Umfeld schien noch alles unverändert wie bei meiner Abreise. Ich blickte kurz – wie zum stillen Gruß – zum Dom, und fuhr eilends mit der Straßenbahn weiter. Von fröhlicher Silvestervorfreude war bei den Fahrgästen nichts zu spüren. Ich dachte nur bei mir, was die Leute am letzten Tag des Jahres noch alles zu besorgen hätten.

Fast sicher wie im Schlaf steuerte ich das Haus meiner Gastfamilie an. Auch hier hatte sich noch nichts verändert, außer daß die Klingel wieder funktionierte. Nur wenige Augenblicke wartete ich vor der Haustüre. Dann ging sie auf. Vera stand mit strahlenden Augen vor mir, um mich im gleichen Augenblick küssend zu umarmen.

Einen Moment verharrten wir dann so in unserer Wiedersehensfreude. Und als Vera mich am Arm zu ihrer erstaunten Mutter und ihren nicht minder überraschten Geschwistern führte, sah ich ihre tränenbenetzten, feuchten Wangen.

Die nächsten Stunden verbrachten wir alle zusammen im Wohnzimmer. Draußen war es hier in Köln genauso diesig wie in der Eifel. Ich hatte zu Hause noch ein paar Pfund Butter und Speck organisieren können und diese jetzt ausgepackt. Die Freude darüber war groß. Doch von den drei Flaschen Wein, die ich auch noch bei mir hatte, packte ich zunächst nur eine aus. Es war Moselwein, den ich gegen Hafer eingetauscht hatte, als sich mir kürzlich die Gelegenheit geboten hatte, mit meinem Onkel Peter in das Weingebiet mitzufahren.

Unsere Unterhaltung wurde weiter angeregt, als Melanie auf ihr Zimmer verschwand und mit einem englischen Flugblatt zurückkam, auf dem der Londoner Rundfunk am 25. Juli 1943 Hitlers Freibrief für die Waffen-SS der Öffentlichkeit übergibt. Auf dem Flugblatt war das Original eines geheimen Führerbefehls abgedruckt. Es war mit einer Schreibmaschine mit auffällig fehlerhaften Buchstaben-Typen sowie Korrekturen erstellt worden. Dieses die Gedanken des Führers wiedergebende Geheimdokument wurde von britischen Soldaten in Libyen beim Stab der zweiten Batterie des Artillerieregiments No. 75 im März desselben Jahres erbeutet. Melanie fand es in den Trümmern des Mutterhauses der Augustinerinnen, wo es unter einer Steinplatte vor den Witterungseinflüssen geschützt fast unbeschädigt geblieben war.

Während wir das Flugblatt genauer anschauten, erinnerte ich mich an ein russisches Flugblatt, welches 1942 an der Ostfront abgeworfen worden war. Ich begann davon zu erzählen. Sonderbar war, daß auf ihm auch meine im Nationalblatt erschienenen Grüße von der Ostfront an die Heimat mit abgedruckt worden waren. Die Russen hatten nämlich auf die komplette zweitletzte Seite des Nationalblattes Grußanzeigen sowie Traueranzeigen von gefallenen Soldaten kopiert. Unter den Gefallenen war auch ein Johann Hoffmann aus unserem Nachbarort Niederehe.

Das Flugblatt enthielt weiterhin einen Passierschein für jeden deutschen Soldaten, der sich ergeben würde. Quer über das Blatt war gedruckt: Deutsche Soldaten, wenn ihr die Heimat wiedersehen wollt und nicht, daß eure Namen auf solchen Todesanzeigen erscheinen, dann kommt freiwillig in die Gefangenschaft. – Eine besonders gute Behandlung wurde zugesichert.

Dieses Flugblatt fällt nun meinem Vetter Leo Hilgers vor die Füße, als er – im Mittelabschnitt der Ostfront im Einsatz – gerade sein „Geschäftchen" machte. „Liefert uns jetzt der Russe sogar das Klopapier durch die Luft!", sagte er belustigt zu sich. Doch als er das Blatt aufhob und es laß, stockte ihm fast der Atem. Fand er doch darin den Namen „Holzem", den Familiennamen seiner Mutter.

„Und wie ist das Nationalblatt zu den Russen gekommen?", wollte Melanie wissen.

Ich erzählte, daß ich irgendwann auf dem Vormarsch, einige hundert Kilometer vor Leningrad, dem Nationalblatt einmal auf einer Feldpostkarte meine Grüße an die Heimat übermittelt hatte. Nach einiger Zeit bekam ich die Zeitung mit meinen Grüßen zugeschickt. Ich war betroffen, als ich dann auch die Gefallenenanzeigen laß. Die Zeitung steckte ich vorerst in meinen Brotbeutel. Sie mußte aber bald etwas Eßbarem Platz machen und ist dann offenbar in russische Hände gefallen, die sie in das Flugblatt aufnahmen.

Das Flugblatt selbst habe ich später zum ersten Mal in der Nähe von München zu Gesicht bekommen, als mich mein Vetter Leo im Lazarett besuchte. Wir beide fanden das alles äußerst kurios. Vor Leningrad war die Zeitung in die Hände der Russen gelangt und vor Moskau als Flugblatt wieder abgeworfen worden. Und jetzt lag das Papier in einem deutschen Lazarett auf dem Bett jenes Soldaten, auf dessen Namen es den Weg nach Rußland gefunden hatte.

„Das ist ja wirklich unglaublich!", meinte Walter kopfschüttelnd.

Ich bekräftigte nochmals, daß es tatsächlich so gewesen war, und holte die beiden anderen Flaschen Wein und einen großen Beutel Spritzgebäck aus meinem Rucksack heraus. Die helle Freude, die sich daraufhin in den Gesichtern meiner Gastfamilie widerspiegelte, ließ auch bei mir eine frohe Genugtuung über meine gelungene Überraschung aufkommen.

Ob es Weingläser waren, die die Bombardierungen überstanden hatten, oder ob es neu gekaufte waren – sie standen jedenfalls fast genauso schnell auf dem Tisch, wie die Flaschen Wein und wurden von Vera vollgeschenkt. Wir prosteten uns zu, und bald gingen auch die letzten Minuten des Jahres 1947 dem Ende zu. Wir blieben im Wohnzimmer, hörten keine Knallerei und sahen auch keine Rakete. Doch die Glocken, die um Mitternacht von heil gebliebenen

Kirchtürmen in unsere frohe Runde hinein klangen, ließen es mir ganz seltsam zu Mute werden.

Wir umarmten uns alle und Vera drückte mich besonders fest und lange. Nach einer Weile begaben wir uns alle nach draußen. Einzelne Schüsse waren zu vernehmen, und ich vermutete, daß sie von Karabinern stammten. Einige Kölner schienen so ein Kriegsüberbleibsel noch zu Hause gehabt und zum Neuen Jahr vielleicht aus purer Wut über diese Soldatenbraut noch einmal damit geschossen zu haben.

„Kommt, laßt uns hineingehen. Unser Bedarf ist längst mit so etwas gedeckt", meinte Walter.

Drinnen saßen zum Schluß nur noch Vera und ich beisammen. Ich bat sie jetzt, doch ihr Geheimnis zu lüften, mit dem sie mich schon öfters konfrontiert hatte. Nämlich, woran sie gedacht hatte, als wir zum Beispiel auf dem Laster Butter und Speck zwischen den Holzstücken versteckt hatten.

Vera willigte ein. Nach ihrem Geständnis bei meinem letzten Besuch fiel es ihr sogar leicht. „Ich hatte damals bei mir gedacht, daß auch wir beide uns verstecken", erklärte sie mir. „Verstecken vor uns selbst. Besonders aber ich vor mir selbst, weil ich mein Empfinden dir gegenüber für tabu erklärt hatte."

Und sie hatte darunter gelitten.

Aber Vera wollte mir auch jetzt nicht sagen, was sie damals gemeint hatte mit: „Ach Gott, könnte ich doch, was ich wollte …"

„Nein Baddy, das kann und werde ich dir nicht sagen. Das wird vielleicht sogar für immer mein Geheimnis bleiben."

Sie rückte ganz nah zu mir hin. Das Neue Jahr hatte mit einem alten Geheimnis begonnen.

Wir schienen zu ahnen, daß es für eine lange Zeit eine solch traute Stimmung für uns beide nicht mehr geben würde. Keiner von uns verspürte die Lust, dieses glückliche Beisammensein zu unterbrechen. Vielleicht sind wir auch einmal für eine kurze Zeit aneinander gelehnt eingenickt. Doch danach empfanden wir unsere augenblickliche Nähe wieder als ein geschenktes Glück.

So wurde es früh morgens, ehe wir es überhaupt bemerkt hatten. Melanie kam als erste ins Zimmer, weil sie ins Krankenhaus zum Dienst mußte. Sie konnte es sich nicht verbeißen, gespielt erstaunt zu fragen: „Oh, seid ihr beide schon auf?"

Vera aber lachte zurück: „Nein, wir sind immer noch auf! Aber keine Sorge, wir haben trotzdem nichts getan, was wir bereuen müßten – wenn du das meinen solltest."

„Oh ihr Glücklichen", antwortete Melanie etwas zweifelnd.

Vera drückte mich kurz, stand auf und ging zu Melanie in die Küche. Währenddessen saß ich noch eine Weile etwas gedankenverloren im Wohnzimmer. Aber meine Gedanken paßten eigentlich nicht zu diesem Neujahrsmorgen nach der frohen Silvesternacht mit Vera. Ich dachte darüber nach, was sie empfunden hatte. Hatte sie vielleicht auch versucht, gedanklich ins ferne Rußland zu ihrem Verlobten Leo zu entkommen? Von dem sie nicht einmal wußte, ob er überhaupt lebte? Aber dessen Heimkehr sie verzweifelt und mit großer Hoffnung erwartete!

Das letzte Lebenszeichen hatte sie vor fünf Jahren im Herbst 1942 erhalten. Danach gab es nur noch einige Briefe mit dem Stempel „zurück". Und später ein Schreiben, unterzeichnet von dem Kompaniechef seiner Einheit, in dem ihr mitgeteilt wurde, daß der Obergefreite Leo S. von einem Spähtrupp mit seinen beiden Kameraden nicht zurückgekehrt sei. Es gäbe keine sicheren Erkenntnisse darüber, ob er bei diesem Unternehmen in Gefangenschaft gekommen oder gefallen sei.

Und so bedrückte es mich sehr, mir doch nicht richtig vorstellen zu können, wie Vera mit ihrer Situation, sich auch in mich verliebt zu haben, fertig werden könnte.

Obwohl ich jetzt auch sehr viel für Vera empfand, hätte ich es mir nie verziehen, Vera ganz für mich gewinnen zu wollen. Dazu brauchte ich mich nur in Leos Situation zu versetzen. Nach vielen Jahren aus russischer Gefangenschaft doch noch heimzukehren und dann seine Verlobte von einem anderen weggeschnappt zu sehen. Nein, nein, allein der Gedanke daran hätte mich erdrückt. Erst recht deshalb, weil meine eigene Heimkehrfreude mit einem schmerzlichen Verzicht getrübt worden war.

Aber mein Sinnieren wurde bald unterbrochen. Die restliche Familie fand sich am Frühstückstisch ein und lenkte das Gesprächsthema auf Walters Geburtstag am 2. Januar. Dann aber würde ich nicht mehr da sein, weil ich am 3. Januar einen Termin in Trier hatte. Dort sollten auf Anordnung des Versorgungsamtes meine Gefangenschaftsschäden durch eine ärztliche Untersuchung festgestellt werden.

Am frühen Nachmittag verließen Vera und ich die Straßenbahn und gingen dem Hauptbahnhof entgegen. Vor dessen Eingang blieb Vera plötzlich stehen und fragte etwas verlegen: „Wollen wir nicht doch noch kurz in den Dom hineingehen?"

Ich war perplex und konnte ihr zunächst nur die Worte „wie, was – ich dachte, du wolltest nicht …" entgegnen.

„Bitte Baddy, sag und frag jetzt nichts mehr", zog sie mich mit ihrem eingehakten Arm in Richtung Dom.

Nach Eintritt durch den Haupteingang blieben wir zunächst etwas unschlüssig stehen.

„Komm mit!", flüsterte ich und steuerte der Betbank zu, auf der ich mich damals bei meiner ersten Ankunft in Köln alleine niedergelassen hatte. Heute waren mehrere Menschen da. Vera blickte fast regungslos auf die Wachslichter vor dem kleinen Marienaltar, die eine flackernde Helligkeit verbreiteten.

Nach etwa einer viertel Stunde verließen wir den Dom. Vera ging fast schweigsam neben mir her. Ich fragte sie nicht, warum sie einsilbig geworden war. Erst in der Bahnhofshalle begann sie sich wieder lebhafter mit mir zu unterhalten. Auf meine Bemerkung hin, daß ich bei meiner Anreise eine Rückfahrkarte gelöst habe, antwortete sie mit trauriger Stimme: „Dann wird es in Zukunft wohl immer nur bei einem Kurzbesuch bleiben, wenn du schon mal nach Köln kommst."

Ich blickte sie erstaunt an, sah ein leichtes Zucken um ihren Mund, und meinte etwas leichtsinnig: „Komm doch ab und zu ein paar Tage zu mir in die Eifel. Dann kannst du sogar noch etwas Gutes für deine Familie tun. Es bleibt doch immer eine Möglichkeit, etwas zu hamstern. Bis hinter die französische Zone würde ich dann mit dir fahren, damit dir niemand etwas wegnehmen oder beschlagnahmen kann."

Mittlerweile waren wir auf dem Bahnsteig angekommen. Diesmal war um Veras Mund kein Zucken zu sehen, diesmal glänzten ihre Augen feucht vor Freude.

Bald fuhr mein Zug in Richtung Trier ein. Wieder gab es ein ähnliches Abschiednehmen wie vor zwei Monaten. Wieder winkten wir beide uns mit einem weißen Taschentuch zu. Aber diesmal entglitt es mir aus der Hand, ehe der Zug die Bahnsteiganlage verlassen hatte. Die Luft wirbelte das Tuch zunächst etwas hoch, dann wurde es durch den Sog des Zuges wieder in Veras Richtung zurückgetrieben. Weil ich von jeher etwas abergläubisch war, fragte ich mich, was dies zu bedeuten hätte. Vera schrieb mir ein paar Tage später: Wenn ich schon nicht bei ihr hätte bleiben können, so sei wenigstens mein Taschentuch geblieben.

Der Vertrauensarzt in Trier untersuchte mich aufs Gründlichste. Doch von dem Ergebnis erfuhr ich nichts. Zum

Abschluß fragte mich die Sekretariatsangestellte, wo ich herstamme.

„Den Ort Heyroth kennen Sie bestimmt nicht!", gab ich ihr zur Antwort.

„Aber doch, und wie!", entgegnete sie heftig. „Von dort kamen doch die Erbsenwürfel. Die waren sehr schmackhaft und haben uns sehr geholfen, den Küchenzettel aufzubessern."

Das war mir neu gewesen. Aber mit der Stadt Trier verband mich überdies noch mehr. Vor acht Jahren war ich zuletzt hier gewesen. Sechs Monate lang, von Dezember 1940 bis Mai 1941, war ich in der 15. Nachrichtenkompanie 246 zum Funker ausgebildet worden. Dabei hatte ich viele Kameraden aus Trier kennengelernt und auch die Stadt schätzen gelernt, die ich jetzt ziemlich unverändert wiedersehen durfte.

Ich erinnerte mich an den Funker Bauer, mit dem ich Anfang Mai 1941 zur Heeresgruppe des Generals Dietl nach Hammerfest in Norwegen abgestellt werden sollte. Wir waren beide sehr angetan von dem Reiz, den dieses Land mit seiner nördlichsten Stadt auf uns ausübte. Doch wenige Tage vor unserem Abmarsch passierte bei einer Funkeinsatzübung im Gelände ein Unfall. Wir hatten die schweren UKW-Dora-Funkgeräte im Einsatz, bei denen der Sender auf den Rücken geschnallt und der Empfänger separat von einem zweiten Mann vor dem Bauch getragen wurde. Beide Geräte waren durch ein anderthalb Meter langes Kabel miteinander verbunden, also auch die beiden Funker.

Wie es auch gewesen sein mochte, der Tragegurt des Empfängers vor meinem Bauch riß während des Laufes beim Stellungswechsel, und das schwere, kantige Gerät plumpste auf meinen rechten Fuß. Für mich war damit die Übung vorbei, denn ich konnte meinen anschwellenden Fuß nur noch mit starken Schmerzen aus meinem Stiefel zwängen. Doch nicht der jetzt nötig gewordene Gipsverband erschrak mich, sondern die Mitteilung, daß ich mit einem Gipsfuß nicht nach Hammerfest abgestellt werden könne. An meine Stelle trat der Funker Beer. Ich war damals sehr verärgert über meinen zwangsläufigen Verzicht. Einige Monate später las ich im Mitteilungsblatt meiner Ausbildungskompanie „Der Nachrichtensoldat", daß die Funker Bauer und Beer gefallen waren.

Ich war tief betroffen darüber und um so mehr berührt, weil ich jetzt an das Ereignis im Nordabschnitt von Rußland erinnert wurde. Dort war ich 1941 auch vom Tod verschont worden, weil ich ausnahmsweise wegen meiner aufgescheuerten Ferse mit meinem Kameraden Grimmel den Posten tauschte. Er kam Stunden später an meiner Stelle durch einen Granatwerfervolltreffer ums Leben.

Es waren seltsame Gedanken, die auf mich einwirkten. Aber auch bewegende Fragen um ein „wieso?" und „warum?" stellten sich mir.

In den ersten Wochen des Jahres 1948 kam es so, wie Vera mir vorausgesagt hatte. Weil ich mich körperlich noch immer nicht belasten konnte, war auch meine psychische Verfassung angeschlagen. Und urplötzlich kam mir der Gedanke, das zu tun, was ich vor dem verdammten Krieg leidenschaftlich gerne gemacht hatte, nämlich zu schreiben. Später war ich als Nachrichtensoldat gefordert gewesen, besonders schnell zu schreiben. Und nun begann ich, mir über jedes Ereignis in naher und auch fernerer Umgebung Notizen zu machen, um anschließend daraus einen Artikel oder eine Geschichte zu formen. Weil diese Niederschriften nicht nur für die Schublade gedacht sein sollten, schickte ich sie an die Trierische Volkszeitung. Anfangs handgeschrieben, später getippt. Anscheinend schienen sie dort willkommen zu sein.

So nach und nach baute sich mein angeknacktes Selbstbewußtsein wieder auf. Meine Lebensfreude wuchs, besonders aber, als eines schönen Frühlingstages Vera vor unserer Tür stand. Nach der herzlichen Begrüßung war die Neugier meiner Eltern fast noch größer als meine. Denn sie sahen in Veras Besuch bereits ein Zeichen für eine dauerhafte Beziehung zwischen uns beiden. Doch Vera und mir war es mehr danach, jetzt einige Stunden alleine miteinander zu verbringen. Wir machten uns auf, um den Tag für einen langen Spaziergang zu nutzen, schlenderten Arm in Arm entlang der grünenden Wiesen und des wechselfarbenen Waldes. Und wieder beobachtete ich mit innerer Genugtuung und Freude, wie Vera ganz in Gedanken sagte: „O Gott, wie ist das hier so wunderschön!"

Vera genoß den Spaziergang einfach und war von der Vielfalt der Natur um uns herum so sehr angetan, daß wir oft minutenlang kein Wort wechselten. Als wir gegen Abend wieder zu Hause ankamen, bedauerte Vera, daß sie schon zwei Tage später wieder abreisen mußte. Sie trat dann nämlich die Stelle einer Floristin an. So schenkten wir uns am nächsten Tag nochmals besonders schöne Stunden.

12. April 1949. Dieses Datum wird mir wohl unvergessen bleiben. Es war zur Mittagszeit an diesem sonnigen Frühlingstag. Ich hatte gerade meinen beiden Gespannkühen nach der Feldarbeit die Kopfjoche abgenommen und sie in den Stall geführt. Auf dem Weg ins Haus kam mir der Briefträger entgegen und übergab mir einen Brief. Ich erkannte sofort Veras Schrift darauf. Freudig gestimmt begab ich mich ins Haus und konnte den Brief nicht schnell genug öffnen. Noch im Stehen laß ich ihn. Ich war augenblicklich gerührt und zugleich etwas betroffen. Obwohl es nur ein kurzer Brief war, konnte ich aus dessen Zeilen Veras große Freude entnehmen. So schien sie ihr Glück förmlich auszurufen: „Baddy, stell dir vor, Leo ist heimgekehrt. Ich bin soooo unbeschreiblich glücklich!"

Ich las den Brief einmal, zweimal, ja gewiß dreimal. Und ohne mich selbst zu belügen: Ich freute mich über Leos Heimkehr, obwohl ich Vera mehr Gefühle entgegenbrachte als in einer bloßen Freundschaft. Und das war mir mit Sicherheit nur möglich, weil ich mich in Leos qualvolle Gefangenschaft hineinversetzen konnte, die zudem mehr als doppelt so lange gedauert hatte, als die meinige.

Aber um ganz ehrlich zu sein: Ich hatte mir seit dem letzten Jahr kaum noch Hoffnung gemacht, daß Leo noch lebte und heimkehren würde. Alleine schon deshalb, weil nun schon seit sechs Jahres jegliches Lebenszeichen von ihm fehlte. Gewiß, ich hatte mir deshalb schon Gedanken über eine gemeinsame Zukunft mit Vera gemacht. Aber es hätte mir vor mir selbst gegraut, wenn ich mich nicht mit Vera über die Heimkehr gefreut hätte, auch wenn diese für mich ein Verzichten bedeutete.

Und zurückblickend auf die wenigen erlebten Glücksstunden mit Lia und Erika, die ebenfalls mit einem schmerzlichen Verzicht geendet hatten, fragte ich mich jetzt, fast schon verbittert: Wann gelingt es mir einmal, mein vermeintliches Glück festzuhalten?

In den folgenden zwei Wochen fragte ich mich viele Male: Soll ich Vera und Leo jetzt oder später besuchen? Und: Hatte Vera Leo von mir erzählt? Und wenn, wie wird er es aufgenommen haben?

Ich entschloß mich, meine Gastfamilie in Köln kurzfristig zu besuchen. Diesmal hatte ich doch ein leichtes Herzklopfen, als ich vor der Haustür jener Menschen stand, denen schicksalhaft eine bedeutende Rolle in meinem Leben unvermittelt aufgetragen worden war. Zaghaft drückte ich die Wohnungsklingel und erwartete gleichzeitig, daß Vera es sein würde, die mir öffnete. Denn Walter ersparte sich wegen seiner Gehbehinderung meistens den Weg dorthin, und

Melanie würde sicher noch Dienst haben. Aber es war die Mutter, die mir öffnete. Vielleicht hatte ich sie etwas erstaunt angesehen, denn sie erzählte mir sogleich nach ihrer herzlichen Begrüßung: „Das ist aber schade. Unser Heimkehrer und Vera sind vorgestern nach Osnabrück zu seinen Eltern gefahren seien. Er war nach seiner Heimkehr nur kurz bei ihnen gewesen und hat dann Vera aufgesucht. Jetzt will er etwas länger dort bei seinen Eltern bleiben. Das kann man ja auch verstehen, nach so vielen Jahren des Vermißtseins."

Wir gingen ins Wohnzimmer, in dem mich Walter begrüßte: „Ach jeh, Baddy, diesmal hast du dir aber wirklich einen schlechten Zeitpunkt ausgesucht. Vera hätte sich bestimmt gefreut, und Leo ebenfalls. Schließlich hast du ja ähnliches wie er in Rußland durchmachen müssen."

Ich erfuhr von Walter, daß Leo die Hälfte seiner Gefangenschaft in einem Straflager hatte zubringen müssen. Aber da er als gelernter Elektriker bei den Russen ein begehrter Spezialist war, hatte er auch wegen ständiger Normübererfüllung zusätzliches Normbrot und Suppe bekommen. So war sein Gesundheitszustand gar nicht so schlecht gewesen. Aber man hatte ihn wahrscheinlich auch wegen seiner geschätzten Arbeit erst später entlassen, denn seine eigentliche Straflagerzeit sei längst abgelaufen gewesen.

Ich übernachtete bei meiner Gastfamilie. Doch brauchte ich sehr lange zum Einschlafen. Bestimmt über zwei Stunden kreisten meine Gedanken unentwegt um die Erlebnisse der letzten Monate. Und immer wieder war es Vera, um die es ging. Ich schaltete schließlich das Licht an, denn die Dunkelheit wirkte bleiern auf mich.

Auf dem Stuhl neben meinem Bett lag meine Umhängetasche. Seitdem ich Lokalberichte für die Trierische Volkszeitung schrieb, befanden sich darin stets Schreibblock, Bleistift und Füllfederhalter. Und indem ich jetzt meine

Umhängetasche als Schreibunterlage benutzte, entwarf ich den Rohtext für eines meiner ersten Lieder, dessen Titel und Aussage meinen augenblicklichen Gemütszustand widerspiegelten: „D'rum werde ich suchen".

Im Gegensatz zu einigen meiner anderen Liedertexten wurde dieser später nicht über die Gema vertont. Er war und blieb für mich ein ganz besonderer und persönlicher Text, der viel verbirgt, aber auch etwas preisgibt. In diesem Buch soll er nun niedergeschrieben stehen, wie auch so manches andere, worüber ich bisher geschwiegen habe.

1.

Ich bin allein in einer großen Stadt,
allein unter hunderttausend Menschen,
von denen keiner mir was zu sagen hat.
Einsam lebe ich mit meinen Wünschen,
ungestillt bleibt die Sehnsucht nach Liebe.
In mein Zimmer, durch die grauen Mauern
dringt bei Tag und Nacht das Stadtgetriebe.
Wie lang soll ich das noch überdauern?

2.

Menschen, nichts als Menschen seh' ich täglich,
geh'n an mir vorbei ohne zu grüßen.
Keiner hat einen lieben Blick für mich,
alles Fremde mit eiligen Füßen.
Niemand fühlt meine Sehnsucht nach Liebe.
Doch insgeheim muß ich mir eingestehen:
Suchte ich wirklich Menschen mit Liebe,
es gäbe sie längst in meinem Leben.

Refrain

D'rum werde ich suchen
bis daß ich finde
das Gegenteil von Einsamkeit.
D'rum werde ich suchen
Menschen mit Liebe,
denn bei ihnen ist Geborgenheit.
Ja ich muß sie finden,
sie an mich binden,
sonst ist die Verzweiflung nicht weit.

Am anderen Tag reiste ich wieder ab. Meiner enttäuschten Gastfamilie erklärte ich, daß es mir darum gegangen sei, Leo kennenzulernen und mit ihm über seine Zeit in Rußland zu reden. Es hätte mich auch sehr interessiert, warum er nicht aus der Gefangenschaft schreiben durfte, wenigstens ein paar Worte als Lebenszeichen, so wie damals bei mir. Aber um ehrlich zu mir selber zu sein: In Wirklichkeit waren meine Gedanken gleichzeitig mehr bei Vera.

Auf dem Hauptbahnhof umfing mich augenblicklich das Stimmengewirr der hier weilenden und hin und her eilenden Menschen. Ich begab mich sofort zum Bahnsteig. Schmerzlich wurde mir bewußt, daß ich die beiden letzten Male Arm in Arm mit Vera dorthin gegangen war. Und als der Zug sich in Bewegung setzte, war auch keine Vera mehr da, die mir zum Abschied winkte, bis ich sie in die Ferne entrückt nicht mehr erkennen konnte.

Die Welt war für mich wieder einmal anders geworden. Und wieder einmal sagte eine innere Stimme zu mir: Du mußt weiter.

Das Verbrechen

Zu Hause in der Eifel hatte ich wenig Lust und Gelegenheit, die besonders schönen Sommermonate des Jahres 1949 froh zu nutzen. Zu sehr machten mir meine gesundheitlichen Probleme zu schaffen. Es erschien mir fast zu strapaziös, der Aufforderung nachzukommen, mich zur Untersuchung meiner Folgeschäden in einer Klinik auf dem Venusberg in Bonn einzufinden.

Bei meiner Ankunft erwartete mich dort eine erste Enttäuschung. Wenn ich geglaubt hatte, es würde mir für die Nacht wenigstens ein Bett zur Verfügung gestellt – wie bei meiner ersten zweitägigen Untersuchung in Trier – so hatte ich mich geirrt. Ich gewann den Eindruck, daß es sich diesmal um eine Massenabfertigung handelte. Nach einer kurzen Eingangsuntersuchung war mein nächster Aufenthaltsort ein größeres Wartezimmer mit etwa einem Dutzend Kriegsgeschädigten. Zur Nachtruhe wurden einfach Tisch und Stühle beiseite geräumt, damit wir auf dem Fußboden unter den uns zugeteilten dünnen Wolldecken schlafen konnten.

Die Kameraden im Nebenraum lagen zwar in Betten, hatten aber einen außergewöhnlichen Eingriff vor sich oder schon hinter sich. Ihnen wurde nämlich Gehirnwasser entnommen. Vor der Operation noch sehr lebendig, schob man sie hinterher in ihr Zimmer, wo sie dann lange wie bewußtlos in ihren Betten lagen.

Ich war schier entsetzt, als man mir vorschlug, einem solchen Eingriff bei mir zuzustimmen. Nach kurzer Überlegung lehnte ich ab. Ich sagte mir: Bis jetzt habe ich meine immer wieder auftretenden Kopfschmerzen leicht ertragen können. Diese Schmerzen rührten daher, daß ich im Krieg bei einem Angriff auf ein provisorisches Lazarett verschüttet worden war und anschließend für längere Zeit nicht richtig sehen und sprechen konnte. Es schien mir aber jetzt nicht ratsam, mich einem weiteren Risiko auszusetzen.

Der Arzt war verständlicherweise etwas verärgert, als ich die Gehirnwasserentnahme ablehnte. Meine Gegenargumente konnte er nicht akzeptieren, womit er aus ärztlicher Sicht vielleicht auch recht hatte.

Am dritten und letzten Tag im Klinikum hatte ich mich noch einem jüngeren Arzt vorzustellen, der zunächst in ziemlich herablassender Weise sich einige Fragen von mir beantworten ließ. Dann trug er mir auf, an einem Gerät über einen pedalgesteuerten Stift vorgezeichnete Figuren zu umfahren. Als diese Technik bei mir nicht klappen wollte, wurde ich von dem jungen Arzt beleidigend ausgeschimpft. Die soldatische Bezeichnung dafür wäre „angeschissen" gewesen. Mein Geduldsfaden riß. Ich stand wortlos auf und ging ebenso grußlos aus dem Raum. Meine Erwartung von dieser Person als Arzt war sehr enttäuscht worden.

Einige Stunden später befand ich mich zu Fuß auf dem Nachhauseweg. Ohne daß ich es zunächst registrierte, näherte ich mich einem Gebäude mit dem aufgebrachten Schriftzug „Bundeshaus". Meine Neugier war geweckt worden, und ich ging bis in Höhe des Eingangs vor. Ich schätzte, daß er verschlossen war, aber es schien trotzdem ein Ereignis für mich zu sein. Denn ich wurde mit der Tatsache konfrontiert, in eine Zeit hineinzuwachsen, mit der ich mich immer noch abfinden mußte. Zu sehr war meine jugendliche Persönlichkeit durch die letzten zwölf Jahre verformt worden.

Nachdenklich schlug ich wieder den Weg in Richtung Bahnhof Bonn ein. Nach einer kurzen Wegstrecke kam ich an einem Verkaufswagen vorbei, an dem es auch Buttermilch gab. Buttermilch gehörte immer schon zu meinen Lieblingsgetränken. So nutzte ich die Gelegenheit und ließ mir ein Glas ausschenken. Und ich fand, daß zwanzig Pfennig dafür sehr preiswert waren.

Ich hatte gerade mein Glas ausgetrunken und wollte weitergehen, als ich auf zwei britische Soldaten aufmerksam wurde, die mit einem Zivilisten heftig gestikulierend stritten. Obwohl ich die drei nicht genau verstehen konnte, vernahm ich doch zweimal die Worte „Deutsch Verbrecher". Einen Moment zögerte ich noch, dann ging ich zu den Streitenden hin, paßte mich deren Lautstärke an und erwiderte den beiden Soldaten: „Wenn Sie die Deutschen als Verbrecher beschimpfen, dann sage ich Ihnen, daß es auch ein Verbrechen war, eine Stadt ohne Kriegsindustrie, wie Dresden, 1945 so zu bombardieren, daß fast hunderttausend Frauen, Kinder und alte Menschen dabei starben."

Für einen Moment schwiegen die Soldaten, doch dann brüllte mich einer der beiden an: „Sie sagen wir Verbrecher?"

Ich kam gar nicht mehr richtig dazu, darauf zu antworten: „Nein, ich habe gesagt, das war ein Verbrechen."

Sie nahmen mich unsanft in ihre Mitte und führten mich zu ihrem in der Nähe stehenden Jeep. Ohne daß ich richtig begriffen hatte, was das alles zu bedeuten hatte, saß ich schon neben einem der beiden Soldaten, während der andere den Motor startete und wir abbrausten.

Vor einem unscheinbaren Gebäude, irgendwo im Stadtbereich Bonns, hielt der Jeep an. Die beiden Soldaten führten mich in das Gebäude ab und meldeten mich einem höheren Dienstgrad. Dieser stellte mir eine Frage in englisch. Da ich kein Englisch konnte, schaute ich ihn nur groß an, antwortete aber anstatt in deutsch in russisch: „Niet ponemei" (was soviel heißt wie „nicht verstehen").

Man ließ mich hinsetzen. Der Offizier griff zum Telefon, und wenig später trat ein weiterer englischer Soldat in das Zimmer. Wie ich vermutete, war dieser ein Dolmetscher.

Nach einer kurzen Unterhaltung mit den beiden Soldaten fragte er mich in ziemlich gutem Deutsch: „Haben Sie zu den beiden Soldaten gesagt, sie seien Verbrecher?"

Ich stand auf und antwortete mehr verärgert als erstaunt: „Ich habe nicht gesagt, sie seien Verbrecher, sondern ich habe gesagt, es sei ein Verbrechen gewesen, daß Dresden 1945 bombardiert wurde und fast hunderttausend unschuldige Menschen starben."

Der Offizier wandte sich nun den beiden Soldaten zu. Da ich nichts verstand, fragte ich den Dolmetscher, worum es ging. Dieser sah kurz zu dem Offizier hin und antwortete mir: „Die Soldaten waren davon überzeugt, daß sie von Ihnen als Verbrecher tituliert worden sind."

Dann ließ mir der Offizier durch den Dolmetscher mitteilen, daß die Vernehmung am anderen Tag fortgesetzt würde. Ich wollte protestieren, kam aber nicht mehr dazu, denn ich wurde wieder aus dem Raum abgeführt und in einen anderen hinein gestupst. Außer zwei kleinen Tischen und aufeinander gestapelten Stühlen befand sich nichts darin. Hinter verschlossener Türe blickte ich nun die kahlen Wände an, die lange nicht mehr getüncht worden waren. Was noch fehlte, waren vergitterte Fenster. Ich wurde mir meiner augenblicklichen Lage bewußt und konnte es mir nicht verbeißen, kurz lauthals zu lachen.

Nach etwa zwei Stunden brachte man mir einige Brötchen und Tee sowie eine Wolldecke. Wie großzügig, dachte ich ironisch bei mir. In Wirklichkeit hatte ich eine ungeheure Wut im Bauch.

Ich hob einen Stuhl von Stapel herunter, setzte mich vor das Fenster und blickte seltsam berührt nach draußen. Und diesmal war es mir nicht zum Lachen. Mit Bitternis stellte ich fest: Der Russe hat mich in die Freiheit entlassen, und vom Engländer werde ich wieder eingesperrt. Eingesperrt, weil ich mich erkühnt hatte, die Wahrheit zu sagen.

Draußen stand nur wenige Meter vor dem Fenster ein Obstbaum, dessen Blätter schon leicht herbstlich eingefärbt waren. Auf seinen Ästen tummelten sich einige Singvögel. Um deren Zwitschern zu hören, wollte ich das Fenster öffnen. Aber es ließ sich nicht öffnen. Also doch – dachte ich bei mir. Meine Wut machte ein wenig Platz für ein trauriges Gefühl, das ich nicht verdrängen konnte und auch nicht wollte. Ich blieb weiter vor dem verschlossenen Fenster sitzen und erfreute mich der lebensfrohen Vögel draußen, auch wenn ich sie nicht hören konnte.

Aber bald spürte ich, wie eine bleierne Müdigkeit über mich kam. Ich erinnerte mich an die Wolldecke, die man mir gebracht hatte. Eine Matratze oder eine Bank gab es nicht in diesem Raum. Ich nahm daher einfach vier Stühle vom Stapel, stellte sie nebeneinander hin und legte mich darauf, eingehüllt in die Decke.

Die unbequeme Unterlage hatte mich nicht daran gehindert einzuschlafen. Als ich wieder aufwachte, war es stockdunkel. Im ersten Moment wußte ich nicht mehr, wo ich mich befand. Doch dann wurde ich mir meiner augenblicklichen Lage wieder bewußt. Den Umriß des Fensters glaubte ich zu erkennen, aber von draußen drang kein Lichtschein irgendeiner Straßenbeleuchtung oder eines Hauses in das gespensterhafte Dunkel des Zimmers. Ich griff in meine Hosentasche, nahm mein Feuerzeug heraus und blickte im Licht der flackernden Flamme auf das Zifferblatt meiner Uhr. Erstaunt stellte ich fest, daß es bereits kurz nach Mitternacht war. Ich hatte tatsächlich einige Stunden hier in der fremden Umgebung geschlafen.

Eine Weile döste ich noch vor mich hin. Dann hörte ich, wie jemand die Zimmertür aufschloß. Eine schwache Glühbirne wurde eingeschaltet. Meine an die Dunkelheit gewöhnten Augen nahmen eine im Türrahmen stehende Person wahr. In halblauter Stimme kamen einige Worte in englisch zu mir rüber, die ich aber nicht verstand. So schwieg ich einen Moment. Doch ehe ich trotzdem in deutsch erwidern konnte, zog die Gestalt die Tür hinter sich zu und verschwand wieder. In einem Affekt rief ich „Arschloch" hinterher.

Ich war wieder allein. Das Licht brannte noch, und mein Blick tastete wiederholt jede Ecke des trostlosen Raums ab. Bis auf die Stühle mit der Wolldecke darauf war noch alles so wie gestern, als man mich hier hinein gestupst hatte. Meine Müdigkeit war verschwunden, und meine Gedanken steuerten nun darauf zu, was mich wohl am Morgen erwarten würde. Aber beunruhigt war ich keineswegs, schließlich hatte ich schon scharfe und vor allem folgenschwerere Verhöre durch russische Politoffiziere hinter mir.

Meine Gedanken tauchten jetzt tiefer in die Vergangenheit ein. Ich fragte mich, wieso es viele Jahre lang einen Menschen gegeben hatte, den ich als Führer verehrt hatte, und der – wie ich jetzt wußte – die menschenunwürdigsten Verbrechen anordnete. Über viele Jahre trug ich eine Uniform mit Stolz und kämpfte in dieser an der Front gegen einen angeblich gefährlichen und unmenschlichen Bolschewismus. Nach wochenlanger Hetzjagd schließlich in Rumänien hoffnungslos eingekesselt, glaubte ich immer noch an eine Rettung durch den Führer. Unwissend darüber, daß er zu diesem Zeitpunkt bereits für das Leiden und den Tod von Millionen Juden und Minderheiten verantwortlich war. Ich kam zu der Erkenntnis, daß der Krieg einen anderen Verlauf genommen hätte, wenn die Verbrechen frühzeitig an die Öffentlichkeit gelangt wären. Und der Gedanke, daß ich mich meiner damals getragenen grauen Wehrmachtsuniform jetzt schämen mußte, löste bei mir ein Gefühl von sehr bitterer Erkenntnis aus.

Die Helligkeit des anbrechenden Morgens hatte mittlerweile das schwache Licht der Glühbirne an der Decke ver-blassen lassen. Ich vernahm erste Geräusche im Gebäude, die auf eine beginnende Geschäftigkeit hindeuteten. Die Stühle hatte ich wieder in der Ecke aufgestapelt und die Decke zusammengefaltet. Indem ich nach draußen in den morgendlichen Garten schaute, lenkte ich mich davon ab, was in den nächsten Stunden auf mich zukommen würde.

Dennoch ging mir durch den Kopf, daß es keinen Sinn machte, die Tür abzuschließen, wenn ich durch das Fenster fliehen könnte. Aber der Posten vor dem Gebäude würde mir die Flucht bestimmt verübeln. Ich verdrängte den Gedanken wieder.

Jetzt wurde die Zimmertür aufgeschlossen. Ein Uniformierter trat herein und stellte ein Kännchen Tee, einige Schnitten Brot sowie Butter und Marmelade auf den Tisch. Ohne Gruß ging er wieder. Unschlüssig betrachtete ich mein Frühstück aus der Nähe. Eigentlich hatte ich mehr Wut als Hunger im Bauch. Ich bewegte mich wieder in Richtung Fenster und rührte weder Tee noch Brot an.

Es wurde zehn Uhr, und noch immer befand ich mich in diesem kahlen, unfreundlichen Raum. Mittlerweile war mein Hungergefühl doch gewachsen, aber zu meiner Wut gesellte sich nun mein Prinzip, das zu Ende zu führen, was ich einmal angefangen habe. Ich ließ das Frühstück weiter unberührt stehen.

Etwa eine Stunde später holten mich zwei Soldaten ab und führten mich zur Vernehmung. Heute saßen zwei Offiziere vor mir. Einer von Ihnen sprach recht gut deutsch und fragte mich: „Was haben Sie zu Ihrer Festnahme zu sagen?"

Ich wiederholte meine Aussage vom Tag zuvor, worauf der Offizier zunächst schwieg.

„Warum ist für Sie gerade die Bombardierung von Dresden ein Verbrechen?", wollte er dann wissen.

Ich schaute in seine grauen Augen, hielt seinem scharfem Blick stand und sagte ihm ins Gesicht: „Erstens befand sich in Dresden überhaupt keine Rüstungsindustrie. Zweitens war die Stadt völlig überfüllt von zurückströmenden Flüchtlingen. Und schließlich war es gegen jede Kriegsmoral – wenn eine solche überhaupt existiert hat – innerhalb von zwei Tagen nahezu hunderttausend Frauen, Kinder und alte Menschen durch eine barbarische Bombardierung sterben zu lassen und die Stadt in Trümmer zu legen."

„Sie würden also sagen, die Bombardierung der anderen deutschen Städte war kein Verbrechen, da sie militärische Ziele darstellten?"

Was für eine Frage! - ging mir blitzschnell durch den Kopf. „Ich habe Dresden lediglich als ein Beispiel genannt", antwortete ich. „Auch andere deutsche Städte wurden angegriffen und dabei Tausende Opfer in Kauf genommen."

Der Offizier unterbrach mich in scharfem Ton: „Was maßen Sie sich eigentlich an, mir so auf meine Frage zu antworten!? Schließlich sind wir es doch gewesen, die die Welt und auch Deutschland von diesem Hitler und seinen Nazis befreit haben. Wenn England und Amerika es nicht geschafft hätten, wäre der Größenwahnsinn weitergegangen."

„Aber nur, wenn es keine Deutschen mehr von der Art Stauffenbergs gegeben hätte", fiel ich ihm ins Wort.

„Aber dafür hat es uns gegeben", konterte er.

„Und warum haben zwei so große Länder keine andere Möglichkeit gefunden, den Krieg zu beenden? Es kann doch nicht sein, daß der Zweck alle Mittel heilt und man einen Verbrecher mit einem Verbrechen besiegt!"

Der Offizier fragte mich jetzt spöttisch: „Und warum sind Sie dann, wenn Sie diesen Hitler heute hier einen Verbrecher nennen, in seiner Partei gewesen?"

Er blickte dabei in meine am 21. November 1947 ausgestellte Kennkarte, die außer zwei Fingerabdrücken, meinem Namen und dem Paßbild noch folgende Angaben enthielt:

Alter: 27
Größe: 165
Militärdienst 3.12.40 - 6.9.44
Service bei Nachrichten/Heer à/in Trier
Prisonnier/Gefangenschaft du/von 7.9.44 à/bis 19.6.47
à/in Russland
Alliierte Macht U.d.S.S.R. Libéré le 19.6.47
Membre de/Mitglied NSDAP du/von 1939 à/bis 1940

Nachdem er die Angaben halblaut gelesen hatte, fixierte er mich wiederum mit einem stechenden Blick: „Und Sie sind demnach auch ein Nazi gewesen, wie ja auf dieser Kennkarte dokumentiert!"

Ich widersprach: „Wenn Sie alle Jugendlichen in meinem Alter, die mit Achtzehn aus der Hitlerjugend automatisch in die NSDAP übernommen wurden, als Nazis einstufen wollen, dann wissen Sie überhaupt nicht, was ein Nazi in Wirklichkeit ist und …"

Jetzt unterbrach mich der Offizier: „Sie behaupten also, daß Sie kein Nazi waren, obwohl Sie in der Partei waren?"

Mir wurde klar, daß mich der Offizier wegen meiner eingetragenen einjährigen Parteiangehörigkeit als Nazi ansah. Bestimmt wußte er nicht, daß bereits kurz nach der Machtübernahme durch die Nationalsozialisten insbesondere die Jugend von der Partei vereinnahmt worden war. Systematische Leibeserziehung, Abhärtung durch Sport sowie regelmäßige Zusammenkünfte hatten bald einen Großteil der Freizeit ausgefüllt. Auf Grund der Eintragung in der Kennkarte könnte man mich noch länger hier festhalten. Besonders dann, wenn die beiden Soldaten darauf beharren würden, ich hätte sie Verbrecher genannt.

So antwortete ich in aufgestauter Verärgerung über meine Festnahme dem Offizier: „Ja, ich war übrigens auch, wie die meisten deutschen Jugendlichen, in der Hitlerjugend und habe auch den Führer als Idol verehrt. Wir, die Jugend, standen bei allen öffentlichen Veranstaltungen plötzlich im Mittelpunkt. Wir, die Jugend, waren und wurden regelrecht auf den Führer eingeschworen. Das Vertrauen in ihn wuchs ungebrochen. Erst im Dezember 1945 las ich als Gefangener in der in Moskau gedruckten Zeitung „Neues Deutschland" von den Verbrechen und Greueltaten. Bis zu diesem Zeitpunkt hatte ich den Führer geliebt, danach aber als Verbrecher gehaßt."

Ich holte tief Atem. So, nun war alles heraus. Und es war mir auch wohl dabei. Auch wenn sie mich danach abgeführt und noch länger eingesperrt hätten. Nach den drei Jahren russischer Gefangenschaft hätte ich mich auch noch damit abfinden können.

Der Offizier reagierte ganz anders, als ich vermutet hatte. Er befragte jetzt die beiden Soldaten. Obwohl ich kein Wort verstand, kam in mir das Gefühl auf, heute nicht mehr auf freien Fuß gesetzt zu werden. Wie zur Bestätigung meiner Mutmaßung wurde ich in ein Nebenzimmer geführt. Zwei Regale vollgepackt mit Aktenordnern standen darin. Niemand war anwesend, und auch der Wachsoldat entfernte sich wieder. So war ich wieder eine Zeitlang mit meinen Gedanken alleine. Draußen begann sich der bisher stark bewölkte Himmel zusehends aufzuklären. Es schien mir, daß die Sonnenstrahlen, die plötzlich das Zimmer fast grell erhellten, auch etwas Licht in meine düsteren Zukunftsgedanken bringen würden. Nahm ich doch an, daß mein Fall demnächst in einem der vielen Ordner registriert sein würde.

Nach etwa einer halben Stunde wurde mein Sinnieren unterbrochen und ich wieder in das Vernehmungszimmer geführt. Mein Blick ging sofort hin zu den beiden Offizieren, weil ich aus deren Mienen die Entscheidung für oder gegen mich glaubte ablesen zu können. Aber mein geradewegs fester und fragender Blick interessierte sie anscheinend nicht. Während sie noch ein paar Worte wechselten, nahm der deutsch sprechende meine Kennkarte in die Hand und schaute mich an: „Sie sind doch aus der französischen Zone. Wohnen Sie jetzt in Bonn?"

„Nein", schüttelte ich den Kopf. „Ich bin hier zur Untersuchung meiner Kriegsschäden und war gerade auf dem Weg aus der Klinik zum Bahnhof, als Sie mich festnahmen."

Der Offizier reichte mir die Kennkarte und meinte in einem etwas bedauernden Ton: „Unsere beiden Soldaten haben bestätigt, daß es sich um ein Mißverständnis gehandelt haben muß. Sie haben sie nicht als Verbrecher bezeichnet."

Kein Wort darüber, daß ich die Bombardierung als Verbrechen bezeichnet hatte. Er reichte mir freundlich lächelnd die Hand: „Bitte entschuldigen Sie, wenn wir Ihnen Unannehmlichkeiten bereitet haben. Sie werden jetzt zum Bahnhof gebracht. Wir wünschen Ihnen für die Zukunft alles Gute!"

Kurz darauf saß ich in demselben Jeep neben denselben Soldaten, die mich tags zuvor in umgekehrter Richtung gefahren hatten. Als wir vor dem Bahnhof etwas scharf bremsend anhielten und mich die beiden mit militärischem Gruß verabschiedeten, wußte ich nicht so recht, ob ihre Verabschiedung echt oder gar etwas ironisch gemeint war.

Erleichtert, alles hinter mir gelassen zu haben, ließ ich mich unsanft auf der hölzernen Sitzbank des Zugabteils nieder. Ich wünschte mir, für eine kurze Zeit an nichts mehr denken zu müssen. Und ich hatte dann auch meine Ruhe, denn während der Fahrt bis zu meinem Heimatbahnhof Niederehe unterhielt ich mich mit niemandem.

Maria

Am darauffolgenden Sonntag nahm ich mir kurz nach Mittag mein Fahrrad und fuhr, ohne ein eigentliches Ziel zu haben, damit los. Das schöne Wetter hatte mich dazu verleitet, auf diese Weise etwas Abstand zu den Vorkommnissen der letzten Tage zu bekommen.

Nach etwa sechs Kilometern kam ich auf der Anhöhe bei Oberehe an die Gabelung, die geradeaus nach Hillesheim und rechts ab nach Stroheich führte. Ich war mir unschlüssig, welche Richtung ich nehmen sollte. Dann aber ging mir plötzlich durch den Kopf, was sich vor etwas über einem Jahr zugetragen hatte.

Es war 1948 am Feiertag Peter und Paul. Damals war ich zusammen mit mehreren Jungen aus Heyroth mit dem Fahrrad zum „Pittischfest" nach Berndorf gefahren, um uns dort im Tanzsaal zu vergnügen. Wir hatten Glück gehabt und einen Sitzplatz bekommen. Bald fielen mir zwei jungen Frauen auf, die etwas verlegen am Rande der Tanzfläche standen. Bis dahin hatte ich noch keinen einzigen Tanz getan und dem Treiben im Saal lediglich zugeschaut.

Ich mußte jetzt an Vera denken, die bei unserem Versprechen zu mir gesagt hatte, ich sollte mir keinen Zwang antun. So ging ich also auf eine der beiden jungen Frauen zu und forderte sie mit einer Verbeugung zum Tanz auf. Während des Tanzes bemerkte ich, daß wir an unserem Tisch noch etwas Platz für sie machen könnten. Erfreut nahm sie das Angebot an. Auch ihre Freundin hatte inzwischen einen Sitzplatz gefunden.

Die anderen waren doch schon etwas baff, als ich meine unbekannte Tanzpartnerin gleich mit an den Tisch brachte. Wir tanzten noch öfter an diesem Abend miteinander. Sie hieß Maria, war in Berndorf bei Ihrer Tante zu Besuch und etwa zwanzig Kilometer weiter in einem Dorf an der Ahr zu Hause.

Als es zu später Stunde Zeit wurde, wieder mit den anderen heim zu radeln, meinte ich zu Maria in einem halb spaßigem, halb ehrlichen Ton: „Schade, daß ich schon eine Freundin habe, sonst hätte ich glattweg nach einem Treffen mit dir gefragt."

„Das wäre mir doch etwas zu schnell gegangen", war ihre prompte Antwort.

„Wieso?", wollte ich jetzt dennoch wissen.

Sie zögerte zuerst, um mir dann zu sagen: „Wenn du an ein Verhältnis gedacht haben solltest, dann hätte ich ein kleines Problem!"

Sie machte mich neugierig, und ich setzte deshalb nach. Ihre Antwort kam jetzt noch zögerlicher: „Ich wünsche mir jemanden, der etwas größer ist als ich, du bist mir zu klein."

Im ersten Moment war ich etwas pikiert, aber keinesfalls ernsthaft verärgert. Gab es da doch jemanden, bei dem meine Körpergröße kein Thema war. Ohnehin konnte ihre ungeschminkte Offenheit nicht an meinem Selbstwertgefühl kratzen! Obendrein empfand ich eine starke Sympathie für meine neue Bekanntschaft und verabschiedete mich freundlich.

Wieder aufgetaucht aus meiner Erinnerung, bog ich an der Weggabelung hinter Oberehe nun rechts ab. Nach etwa vier Kilometern ziemlicher Bergabfahrt hatte ich an der nächsten Abzweigung die Möglichkeit, meine Tour wieder in Heyroth zu beenden. Aber ich bog nicht ab, fuhr einfach geradeaus weiter Richtung Nohn. Und da wurde es mir endgültig klar, wohin ich fahren würde. Es waren noch um die fünfzehn Kilometer, die vor mir lagen, um jetzt dieser jungen Frau von der Tanzveranstaltung in Berndorf einen Besuch abzustatten. Und das, obwohl ich zwischenzeitlich nicht größer geworden war.

Der Weg bis zu ihr nach Hause war nicht das eigentliche Problem. Ich fragte mich, ob ich einfach so ohne Ankündigung bei ihr zur Tür hinein schwirren konnte. War sie überhaupt daheim? Und wenn ja, hatte sich nicht inzwischen ein fester Freier bei ihr eingefunden?

Schneller als ich geglaubt hatte, erreichte ich das Dorf Dorsel. Es lag auf einer Anhöhe, und die ziemlich starke Steigung aus dem Ahrtal hoch dorthin zwang mich, von meinem Fahrrad abzusteigen und den letzten Kilometer zu schieben.

Doch die letzte Hürde blieb mir noch. Etwas zweifelnd stand ich nun vor dem Haus, in dem sie wohnen sollte. Und in das ich nun wohl oder übel ohne Anmeldung hinein mußte. Schließlich wollte ich mich nicht umsonst an diesem schönen Nachmittag müde gestrampelt haben. Obwohl ich nie ein Freund von Dreistigkeit gewesen war, habe ich dennoch zu mir gesagt: Frechheit siegt. Und dann die Haustüre behutsam aufgedrückt, denn sie war unverschlossen, und eine Türklingel war damals noch unüblich.

In dem dämmerigen Hausflur wurden meine Schritte langsamer. Hinter einer der Türen vernahm ich ein Stimmengewirr. Ich klopfte dort an, hörte aber kein „Herein". Ich klopfte nun etwas stärker und glaubte dann eine Aufforderung zum Eintreten bekommen zu haben. Im nächsten Augenblick sah ich mich einer großen Familie am Kaffeetisch gegenüber. Etwas eingeschüchtert erkühnte ich mich, trotzdem die lapidare Frage zu stellen: „Ist Maria nicht da?"

Ein langgezogenes „Dooch!" kam zurück. Aber ich konnte in der großen Runde keine Maria entdecken. Doch dann wandte sich eine von den am Tisch sitzenden jungen Frauen etwas schräg zu mir hin und sagte mit lächelnder Stimme: „Euch kenne ech awer och!" (Sie kenne ich aber auch)

„Nee, dat kann net senn" (Nein, das kann nicht sein), verneinte ich. Kaum hatte ich geantwortet, erkannte ich sie erst. Es war tatsächlich jene Maria, die ich vor etwas mehr als einem Jahr zum ersten Mal gesehen hatte.

Ich war augenblicklich äußerst verlegen, ja eher fast beschämt. Gleichzeitig schöpfte ich in meiner peinlichen Verlegenheit ein wenig Hoffnung, weil sie sich an mich erinnern konnte. Aber viel wichtiger erschien es mir doch, ihr klarzumachen, warum ich wohl trotz ihrer damaligen klaren Aussage mir gegenüber jetzt ohne vorherige Absprache bei ihr auftauchte.

Meine Idee fand ich selbst etwas verrückt. Aber es stachelte mich doch an herauszufinden, ob meine Körpergröße immer noch eine maßgebliche Rolle spielte. Insgeheim hatte ich in der letzten Zeit oft an ein zweites Treffen gedacht. Und ich war bereit, diese junge Frau von ihrem Vorurteil mir gegenüber abzubringen. Auch an Geduld sollte es mir nicht fehlen, darin hatte ich mich in den vergangenen Jahren reichlich üben können.

Ich leistete Maria und ihrer Familie in den folgenden Stunden Gesellschaft. Erst gegen 23 Uhr verabschiedete ich mich, um mit miserablem Dynamolicht meine Heimfahrt anzutreten. Diesmal bekam ich keine Absage, als ich Maria fragte, ob ich wohl in vierzehn Tagen – so war es damals üblich – sie wieder besuchen dürfte. Diesmal, so schien es mir, erfreute sie meine Frage nach einem Wiedersehen wirklich. Sie begleitete mich noch einige hundert Meter bis vor das Dorf. Bevor ich mich wieder auf mein Fahrrad schwang, gab sie mir einen schüchternen, zarten Kuß, der wie eine kleine Energiespritze für meine Heimfahrt zu später Nachtstunde wirkte.

Es vergingen einige Wochen. Alle vierzehn Tage war ich aktiv auf Freiers Füßen. Und das in des Wortes wahrsten

Sinn. Denn es bedurfte schon einer gewissen Beinarbeit, den Ort meiner Auserwählten kräftig in die Pedale meines betagten Fahrrades tretend zu erreichen.

Trotzdem mußte ich immer noch oft an Vera denken. Und so schrieb ich ihr einen Brief mit vielen Fragen. Es interessierte mich brennend zu erfahren, wie es ihr jetzt ging und wie sich ihr Verlobter nach der Heimkehr eingelebt hatte. Ich war erstaunt, als ich gleich am nächsten Tag einen Brief von ihr erhielt. Mein Brief hatte sich mit dem ihren auf dem Postweg überschnitten.

Eine Gedankenübertragung, dachte ich bei mir. Nachdem ich ihren Brief gelesen hatte, war ich gerührt. Sie bat mich darin, wieder einmal nach Köln zu kommen. Es läge ihr viel daran, daß ich ihren Leo kennenlernen würde, und auch sie würde sich sehr freuen, mich noch einmal zu sehen.

Seltsam, dachte ich bei mir. Gerade das, worum sie mich bat, war mein Wunsch in meinem Brief gewesen.

Zwei Tage später saß ich im Zug nach Köln. Ich konnte mich nicht dagegen wehren, daß während der Fahrt viele Stunden unseres Beisammenseins wie in einem Film nochmals an mir vorbeizogen. Auf dem Kölner Hauptbahnhof schien alles so wie immer. Dem Dom warf ich einen intensiven Blick zu, bevor ich mit der Straßenbahn weiterfuhr. Bald stand ich vor dem Haus der Familie, bei der ich so viele angenehme Tage verbracht hatte. Ich drückte die Türglocke. Ein etwa ein Meter achtzig großer Mann öffnete mir und schaute mich fragend an. In meiner Verlegenheit wußte ich in diesem Augenblick nicht, wie ich mich vorstellen sollte. Dann wurde mir klar, wer er war: Leo.

Ich stellte mich als einen Freund der Familie vor, der ich einen Besuch abstatten wollte. Lachend sprach mich der Mann jetzt mit meinem Vornamen an: „Ach Sie sind bestimmt der Baddy, von dem mir Vera schon soviel erzählt hat!"

O jeh, dachte ich bei dieser lockeren Ankündigung, Vera wird wohl nicht unvernünftig gewesen sein. Aber dann erblickte ich Vera schon, wie sie aus dem Wohnzimmer in den Hausflur trat und fröhlich rief: „Baddy, Baddy, wie lieb von dir, daß du gekommen bist!"

Und schon war sie an Leo vorbei, umarmte mich und meinte arglos zu ihm: „Das ist Baddy, der gemeinsame Freund unserer Familie, dem wir viel zu verdanken haben."

Als wir gemütlich plaudernd im Wohnzimmer saßen, konnte ich nicht umhin, mich zu fragen: Wie konnte Vera so viel für mich empfunden haben, daß ihr ein Leben auf dem Land vorstellbar schien, wenn Leo nicht zurückkehren würde? Mein Blick ging ungeniert zu Vera und Leo hin. Und ich glaubte, daß das Glück der beiden, wieder zusammen zu sein, sich auch auf mich übertrug.

Gleichzeitig fand ich, daß Leo, was sein Äußeres und seine Umgangsformen anbetraf, mir in keiner Weise glich. Ich war bis dahin der Meinung gewesen, daß sich jeder bei seiner Partnerwahl zu einem bestimmten Menschentyp hingezogen fühlt. Nun aber, wo ich Leo kannte, war mir Veras besondere Zuneigung mir gegenüber unerklärlicher geworden.

Dann aber konnte ich meine Neugierde nicht länger bezähmen und fragte Leo, wieso er sieben Jahre lang kein Lebenszeichen von sich geben durfte. Als Leidensgenosse ging er jetzt zum „Du" über und begann zu erzählen.

„Etwa hundert Kilometer vor Moskau wurde ich gefangengenommen. Zuerst kam ich in ein Waldlager. Aber wegen starken Frostes und hohem Schnee wurde dort die Arbeit unmöglich und deshalb eingestellt. Im nächsten Lager wurden dann die sogenannten Spezialisten aussortiert. Das kennst du ja bestimmt auch. Als Elektriker wurde ich dann mit zwei weiteren Spezialisten in einem riesigen Werk unter Aufsicht eines russischen Vorarbeiters beschäftigt. Wir führten nicht nur unsere Facharbeit aus, sondern man ließ uns auch andere, problematischere Arbeiten machen. Deshalb konnten wir auch mühelos die Norm erfüllen und kehrten fast täglich mit hundertdreißig Prozent ins Lager zurück. Dafür gab es dann zweihundert Gramm Brot und einen Schlag Kasch (Püree) zusätzlich. Viele andere Brigaden gingen dagegen mit nur siebzig Prozent aus und bauten oft bis zur Arbeitsunfähigkeit ab.

Dann geschah etwas, was diese für mich erträgliche Zeit jäh beendete. Wegen zwei Kabelbränden mußte die Produktion zeitweise unterbrochen werden. Als dann auch noch ein Feuer ausbrach, wurde ich zusammen mit meinen beiden Kameraden der Arbeitssabotage bezichtigt und kurzerhand in ein weiter entferntes Straflager gebracht. Für uns begann jetzt eine schwere Zeit. Der Krieg war schon ein Jahr vorbei, aber es erschien mir trotzdem wahrscheinlicher, hier zu Grunde zu gehen, als nach Hause zu kehren. Die tägliche Quälerei mit Brechstange und Kreuzhacke ließ mich regelrecht apathisch werden. Erst durch einen Vorfall mit einem Schlangenbiß fand ich wieder neuen Lebensmut.

Folgendes war geschehen. Im Sommer 1947 grub unsere etwa siebzig Mann starke Rodungsbrigade Baumstöcke und Wurzelwerk aus, um den Boden für ein neues Fabrikgelände vorzubereiten. Es war ein heißer Sommertag. Die Kelle dünner Wassersuppe hatte sich schon in den ersten Vormittagsstunden aus den Poren unserer erschlafften Haut in Form von Schweiß verflüchtigt. Die Wurzeln der ziemlich dicken Stöcke schienen mit magnetischer Kraft im tiefen Waldboden festgehalten zu werden. Zwischen den schon vor längerem abgeholzten Bäumen hatten sich inzwischen junge Triebe und Sträucher breitgemacht. Uns Gefangene erfreuten besonders die Blaubeersträucher, denn die Beeren bedeuteten eine willkommene kurzzeitige Betäubung unseres ungeheuren Hungergefühls. Sie waren aber auch der Grund dafür, daß wir ständig von den Wachposten mit einem wütenden „Dawei, dawei, raborta!" (Los, los, arbeiten!) angebrüllt wurden. Die Posten selbst bedienten sich aber eifrig an den Beeren, was an ihren blau eingefärbten Mündern zu erkennen war.

Wir waren gerade dabei, ein besonders großes Stockende freizulegen. Alles Mühen, Zerren und Ziehen half nicht viel, der Stumpf saß wie fest zementiert. Dem Wachposten dauerte unsere Murksarbeit zu lange. Er griff zum Beil, das wir zum Abhacken besonders starker Wurzeln bei uns hatten. Gleichzeitig schrie er ein „Jubit forjemat" aus, und ich sah noch, wie eine Schlange im Wurzelwerk verschwand. Der Posten hielt lamentierend seinen Unterarm fest. Ich sprang zum Posten hin, sah zwei dunkle Punkte auf seinem Arm und wußte sofort, was das bedeutete. Ohne eine Sekunde zu überlegen, ergriff ich den Arm des Mannes, saugte das Blut aus der Schlangenbißwunde heraus und spuckte es wieder aus. Ein anderer Soldat lief im Eilschritt zum etwa hundert Meter entfernten Fabrikgebäude, um den Vorfall zu melden. Kurz darauf hielt ein altes, klappriges Auto in der Nähe. Wir trugen den Gebissenen zum Fahrzeug, das sich dann in holperiger Fahrt schnell entfernte.

Anschließend versuchten wir, durch Stochern in der Wurzelhöhle die Schlange zu verjagen. Doch unser Bemühen blieb ohne Erfolg. Dann kam jemand auf die Idee, die Wurzelhöhle mit einem Haufen Reisig zu bedecken und diesen anzuzünden, um die Schlange in die Flucht zu treiben. Doch das Feuer brannte noch, als zwei Stunden später der Pfiff zum Feierabend kam. Ob die Schlange nochmals gesehen worden ist, weiß ich nicht, denn am nächsten Morgen wurde ich bei der Zählung, der Perverka, vom deutschen Kommandanten aufgerufen und in Kenntnis darüber gesetzt, in die Baracke Nr. 1 des Lagers umzuziehen. Diese kleinste Baracke stand wenige Meter neben dem Lagertor der russischen Wache und der deutschen Kommandantur. Keiner der zwölf Barackenbewohner gehörte einer Arbeitsbrigade an. Ich rätselte zwei Tage lang vor mich hin, was man wohl mit mir vorhatte. Denn alle Stellen waren besetzt, und es wäre mir peinlich gewesen, wenn ich einen anderen Kameraden ungewollt verdrängt hätte.

Am dritten Morgen war meine Ungewißheit zu Ende. Diesmal ließ mich bei der Perverka der russische Kommandant im Majorsrang vortreten und mir durch einen Dolmetscher eine besondere Anerkennung mitteilen. Mir wurde dafür gedankt, daß ich die Gefährlichkeit des Schlangenbisses erkannt hatte und den russischen Soldaten vor einem körperlichen Schaden oder sogar dem Tod bewahrt hatte. Ab sofort wurde ich für eine neue Aufgabe eingeteilt.

Jeden Morgen marschierte ich zusammen mit einem freundlichen Posten im Umkreis von sechs Kilometern zu einer anderen Einsatzstelle. Manchmal wurden wir auch von einem LKW abgeholt. Es waren technische Defekte zu beseitigen, in der Fabrik, in Offizierswohnungen und anderswo. Als kleines Dankeschön wurden mir oft Lebensmittel wie Äpfel, Brot oder Sonnenblumenkerne zugesteckt. Letztere hatten den Nachteil, daß man nach dem Aufknacken mit den Zähnen die Schale des Kerns ausspukken mußte, wie es die Russen uns vormachten. Aber auch Tabak ließ man uns zukommen und manchmal die Pravda. Zum Zigarettendrehen.

So wurden meine letzten zwei Jahre in der Gefangenschaft äußerst erträglich und erfahrungsreich. Ich war ständig unter russischen Zivilisten, Männer wie Frauen. Und ich fragte mich, warum mir als eigentlich verhaßtem deutschem Wajenny Plenny soviel Wohlwollen entgegen gebracht wurde."

Ich hatte Leo interessiert zugehört, konnte ich mich doch in manches aus seinen Schilderungen gut hineinversetzen. Aber ich wußte immer noch nicht, warum er nicht nach Hause schreiben durfte und faßte nach.

„Stellt euch vor, erst 1947 erfuhren wir durch Zufall von Kameraden aus einem anderen Lager, daß die Kriegsgefangenen in Rußland überhaupt nach Hause schreiben durften. Daß ich trotz meiner Sonderbehandlung nicht schreiben durfte, führe ich darauf zurück, daß die Lagerkommandanten keine Ausnahmegenehmigungen erhielten. Bei einer einmal getroffenen Entscheidung blieben die Russen meist hart und stur.

Dennoch muß etwas zu meinen Gunsten unternommen worden sein, sonst wäre ich damals nicht als einziger aus diesem Lager für den Heimattransport gemeldet worden."

Leo erhob sich von seinem Stuhl, denn es zog ihn nach draußen. Wie ich erfuhr, hatten Vera und Leo sich einen täglichen Spaziergang zur Gewohnheit gemacht. Ich schlug ihre Einladung dazu aus und leistete den anderen im Haus noch etwas Gesellschaft.

Währenddessen kam auch Melanie von ihrem Dienst nach Hause, unverändert in ihrer temperamentvollen Art. Freudig begrüßte sie mich. Ich konnte mir nicht verbeißen, ihr zu sagen: „Melanie, du strahlst ja so, als seiest du verliebt. Und ich hatte schon ernsthaft geglaubt, du wolltest Nonne werden!"

„Ich bin nicht verliebt", wehrte sie ab. „Aber was wäre schon dabei, wenn ich trotz meinem Entschluß, Nonne zu werden, auch noch verliebt wäre?"

„Eigentlich gar nichts", gab ich zu. „Du würdest nur frühzeitig erfahren, was dir später als Nonne entgehen würde."

„Oder eventuell auch erspart bliebe", fügte Walter hinzu.

Bald kehrten Vera und Leo von ihrem Spaziergang zurück. Einige Sekunden lang stahl sich mein Blick zu Vera hin. Ich wollte ihr Glück, Leo wiederzuhaben, bestätigend aus ihren Augen herauslesen. Und das, obwohl ich bereits bei meiner Ankunft es ihr untrüglich angesehen hatte. Aber nachdem ich sie, während Leo erzählt hatte, so glücklich neben ihm hatte sitzen gesehen, kam ein bedrückendes Gefühl in mir auf. All die Zärtlichkeiten, die Vera und ich ausgetauscht hatten, schienen mich jetzt eher zu belasten. Und ich fand keine Antwort auf die Frage, wie es damit bei Vera stand.

Nicht lange beschäftigten mich diese Gedanken. Melanie erzählte bald über lustige Erlebnisse mit den Patienten im Krankenhaus. Und mit einem schelmischen Lächeln stellte sie zu unserer aller Erstaunen zwei Flaschen Rotwein auf den Tisch. Zu mir hingewandt meinte sie: „Dieser Wein kommt nicht weit von deiner Eifelheimat. Von dort hat er auch, wie ich meine, seinen fruchtig, herben Geschmack, so als wäre ein wenig davon aus der Eifel an die Ahr herüber gezogen."

So fand dieser Tag einen besonders schönen Abschluß und war zugleich Wiedersehens- und Abschiedsfest. Denn Vera würde nun endgültig nach Osnabrück ziehen. Ich aber spürte, daß ich bald wieder meiner Arbeit im landwirtschaftlichen Betrieb meiner Eltern nachgehen konnte. Vielleicht würde es sich wieder einmal ergeben, meine Gastfamilie in Köln zu besuchen, aber einen Besuch bei Vera in Osnabrück stellte ich mir schon schwieriger vor.

Unbewußt gelangte ich zu der sicheren Erkenntnis, daß ich am Anfang eines neuen Lebensabschnittes stand. Ich war am Scheideweg meiner dahinschwindenden Jugendzeit angelangt, die eigentlich eine verlorene Zeit gewesen war, in der ich mir oft genug die wenigen glücklichen Stunden und Tage wie ein Dieb stehlen mußte.

Am nächsten Tag, kurz nach dem Mittagessen, verabschiedete ich mich von meiner Gastfamilie. Überrascht von meinem Beschluß, versuchte mich besonders Walter dazu zu überreden, doch noch einen Tag länger zu bleiben. Ich bat um Verständnis, da man mich zu Hause jetzt im Herbst dringend bei den Erntearbeiten brauchte.

Diesmal war ich bei der Verabschiedung der Familie stärker berührt als sonst. Überhaupt schien alles anders als sonst. Auch in der Straßenbahn, in der mich Vera und Leo zum Bahnhof begleiteten, hielt meine wehmütige Stimmung an. Als wir auf den Eingang des Hauptbahnhofs zugingen, blieb Vera plötzlich stehen, schaute mich an und fragte: „Wollen wir heute nicht noch kurz in den Dom hineingehen?"

Als ich sie daraufhin wie beim letzten Mal erstaunt anschaute, bat sie mich wieder, nichts zu sagen. Ohne eine weitere Reaktion von mir abzuwarten, hatte sie bereits neben Leo die Richtung zum Dom eingeschlagen. Ihr Sinneswechsel beeindruckte mich, hatte ich doch immer noch ihren Satz im Ohr: „Du glaubst wohl nicht, daß ich dort hineingehen werde. Wo ein Gott verehrt wird, der soviel Leid zugelassen hat und an den ich nicht mehr glaube!"

Schweigend betraten wir das Gotteshaus. Vera steuerte den Marienaltar an, und wir drei ließen uns dann in einer Bank davor nieder. Mein Blick ging hin zu Vera, doch sie nahm diesen nicht wahr. Sie war jetzt wieder aufgestanden und blickte in aufrechter Haltung beinahe regungslos zum Altar. Nach einer Weile wechselte sie ein paar Worte mit Leo, bevor beide aufstanden und wir schließlich gemeinsam den Dom wieder langsamen Schrittes verließen.

Auf dem Bahnsteig brauchten wir nicht mehr allzu lange auf das Einlaufen meines Zuges zu warten. Vera umarmte mich, und ich glaubte, ein leichtes Zittern bei ihr zu verspüren. Doch ehe sie mir auf beide Wangen einen leichten Kuß hauchte, flüsterte sie mir ins Ohr: „Vergiß mich!"

Sie löste sich fast abrupt von mir. Schnell drückten Leo

und ich uns fest die Hand. Aus dem Zugabteil heraus sah ich die beiden auf dem Bahnsteig stehen. Leo, der Vera um eine Kopflänge überragte, stand mit fröhlichem Gesicht neben ihr, während Vera sich bemühte, ihre Tränen zurückzuhalten.

Langsam setzte sich der Zug in Bewegung. Wir nahmen wieder unsere Taschentücher, schwenkten sie, Vera ihres langsam wie in Zeitlupe. Der Zug wurde schneller, bald konnte ich nicht mehr unterscheiden, ob es Vera oder jemand anders war, der sich aus dem kleinen Menschenpulk winkend verabschiedete.

Ob das nun das letzte Mal gewesen ist, daß ich mich von Vera verabschiedet habe, dachte ich bei mir, als ich mich etwas deprimiert auf die hölzerne Abteilbank niederließ. Eine seltsame Leere schien mich einzunehmen. Mein Blick ging nach draußen, doch es gelang mir nicht, mich von den wechselnden Bildern der vorbeiziehenden Landschaft ablenken zu lassen. Und weil mir dies nicht gelang, gab ich mich fast wie zum Trotz einfach meinen Gedanken hin, die ausnahmslos um Vera und die Erlebnisse mir ihr kreisten.

In den nächsten Wochen und Monaten verspürte ich zunehmend den Drang, mein Leben nun endlich neu zu ordnen. Mittlerweile glaubte ich auch – nach meinen regelmäßigen Besuchen bei Maria zu Hause – mich nicht darin zu täuschen, daß sie die richtige Frau für mein zukünftiges Leben war. Ich wurde bald dreißig Jahre alt und hatte seit früher Jugend ein bewegtes Leben gehabt, wenn auch größtenteils von mir selbst unbeeinflußt. Das Glück der Liebe war mir mehrmals entglitten, das Glück des Überlebens dagegen war mir öfters auf sonderbare Weise treu geblieben.

Ich unterließ es, mir die Frage zu stellen, warum Lia, dieses wunderbare Mädchen, mich nach fünf Jahren resigniert verließ. Oft genug hatte sie vergeblich versucht, mich von der Unsinnigkeit meiner Führer-Euphorie zu überzeugen.

Und bei Erika war es doch so gewesen, daß unsere Liebe innerhalb des halben Jahres, das wir uns kannten, gar nicht stark genug wachsen konnte, um die Jahre meines Vermißtseins zu überbrücken. Deshalb konnte ich nach meiner Heimkehr ihr Verhalten trotz meiner herben Enttäuschung sogar verstehen. Vielleicht sogar wegen ihrer Ehrlichkeit.

Und daß ich fünf Wochen nach meiner Heimkehr mich dazu entschloß, in Köln nach Lia zu suchen, lag wohl daran, daß ich glaubte, das Rad des Schicksals wieder etwas zurückdrehen zu können. Statt dessen aber lernte ich Vera kennen. War unsere Vereinbarung, drei Jahre lang keine innige Beziehung weder zwischen uns, noch mit jemand anders zu haben, richtig gewesen?

Nach all diesen zermürbenden und auch selbstbemitleidenden Gedanken gab es für mich nur eines: Ich mußte einen Schlußstrich unter die Vergangenheit ziehen und das Belastende vergessen. Und ich tat es. Tat es sogar mit resoluter Energie, weil ich glaubte, mit Maria den Menschen gefunden zu haben, für den es sich lohnte, die vergangenen Beziehungen verlorengehen zu lassen. Vor allem aber wollte ich alles abwehren, was mein Verhältnis zu Maria zerbrechen lassen würde. Ich genoß es förmlich, endlich zur Ruhe gekommen zu sein. Und noch mehr, jemanden gefunden zu wissen, mit dem ich mein zukünftiges Leben aufbauen konnte.

Als dann an dem etwas neblig-trüben Donnerstag des 29. November 1951 vom Turm der Pfarrkirche zu Dorsel die Hochzeitsglocken läuteten, und ihr Klang sich bis in das tiefer gelegene Ahrtal fortpflanzte, gaben Maria und ich uns das Ja-Wort. Etwas später riß die Wolkendecke auf, die Sonne erhellte den Spätherbstmorgen, und wir sahen darin ein gutes Omen. Ein Omen, das sich verwirklichte.

Maria, 1949

Johann Baptist Holzem

Verführte Jugend (1937-1947)
Mit einem Geleitwort von Jacques Berndorf

„[…] das Bild einer Zeit […], die die heutige Generation nur noch schwer nachempfinden kann."
Guido Knopp, ZDF

„Er schildert eindrucksvoll, wie immer wiederkehrende Sekundenbruchteile über das Leben unendlich vieler Menschen entscheiden."
Bergische Morgenpost

„[…] seiner Jugendliebe ein Denkmal […]"
Kölner Stadt-Anzeiger

„[…] ein Buch von der Menschwerdung."
Rhein-Ahr-Rundschau

„Seine Aufzeichnungen faszinieren durch ihre präzisen Beschreibungen und minuziösen Detailangaben."
Die Rheinpfalz

„[…] eine wirklich spannende Geschichte"
Jacques Berndorf